Tucholsky Wagner Zola Scott Fonatne Sydow Freud Schlegel
Turgenev Wallace
Twain Walther von der Vogelweide Fouqué Friedrich II. von Preußen
Weber Freiligrath Frey
Kant Ernst
Fechner Fichte Weiße Rose von Fallersleben Richthofen Frommel
Hölderlin
Engels Fielding Eichendorff Tacitus Dumas
Fehrs Faber Flaubert
Eliasberg Ebner Eschenbach
Feuerbach Maximilian I. von Habsburg Fock Eliot Zweig
Ewald Vergil
Goethe London
Mendelssohn Balzac Shakespeare Elisabeth von Österreich Dostojewski Ganghofer
Lichtenberg Rathenau Doyle Gjellerup
Trackl Stevenson Hambruch
Mommsen Tolstoi Lenz Droste-Hülshoff
Thoma Hanrieder
Dach von Arnim Hägele Hauff Humboldt
Verne
Karrillon Reuter Rousseau Hagen Hauptmann Gautier
Garschin
Damaschke Defoe Hebbel Baudelaire
Descartes
Hegel Kussmaul Herder
Wolfram von Eschenbach Dickens Schopenhauer Rilke George
Bronner Darwin Melville Grimm Jerome
Bebel Proust
Campe Horváth Aristoteles Voltaire Federer
Bismarck Vigny Barlach Herodot
Gengenbach Heine
Storm Casanova Tersteegen Grillparzer Georgy
Gilm
Chamberlain Lessing Langbein Gryphius
Brentano Lafontaine
Claudius Schiller Kralik Iffland Sokrates
Strachwitz Bellamy Schilling
Katharina II. von Rußland Gerstäcker Raabe Gibbon Tschechow
Löns Hesse Hoffmann Gogol Wilde Gleim Vulpius
Luther Heym Hofmannsthal Morgenstern
Klee Hölty Goedicke
Roth Heyse Klopstock Kleist
Luxemburg Puschkin Homer Mörike Musil
La Roche Horaz
Machiavelli Kierkegaard Kraft Kraus
Navarra Aurel Musset Moltke
Lamprecht Kind Kirchhoff Hugo
Nestroy Marie de France
Laotse Ipsen Liebknecht
Nietzsche Nansen Ringelnatz
Marx Lassalle Gorki Klett
von Ossietzky Leibniz
May vom Stein Lawrence Irving
Petalozzi Knigge
Platon Pückler Michelangelo Kafka
Sachs Poe Kock
Liebermann Korolenko
de Sade Praetorius Mistral Zetkin

Der Verlag tredition aus Hamburg veröffentlicht in der Reihe **TREDITION CLASSICS** Werke aus mehr als zwei Jahrtausenden. Diese waren zu einem Großteil vergriffen oder nur noch antiquarisch erhältlich.

Symbolfigur für **TREDITION CLASSICS** ist Johannes Gutenberg (1400 — 1468), der Erfinder des Buchdrucks mit Metalllettern und der Druckerpresse.

Mit der Buchreihe **TREDITION CLASSICS** verfolgt tredition das Ziel, tausende Klassiker der Weltliteratur verschiedener Sprachen wieder als gedruckte Bücher aufzulegen – und das weltweit!

Die Buchreihe dient zur Bewahrung der Literatur und Förderung der Kultur. Sie trägt so dazu bei, dass viele tausend Werke nicht in Vergessenheit geraten.

Papa Hamlet

Johannes Schlaf

Impressum

Autor: Johannes Schlaf
Umschlagkonzept: toepferschumann, Berlin

Verlag: tredition GmbH, Hamburg
ISBN: 978-3-8472-3632-0
Printed in Germany

Bjarne P. Holmsen
(Johannes Schlaf, Arno Holz)

Papa Hamlet

Uebersetzt und mit einer Einleitung versehen von
Dr. Bruno Franzius.
(Johannes Schlaf, Arno Holz)

1889

Einleitung

Bei dem in jüngster Zeit namentlich auch durch die Erfolge Ibsens noch so gesteigerten Interesse, das man seit ungefähr einem Jahrzehnt der jungen, kräftig aufstrebenden norwegischen Literatur in fast allen Kulturländern entgegenbringt, habe ich es für eine nicht undankbare Aufgabe gehalten, meinen deutschen Landsleuten endlich auch einen Autor zugänglich zu machen, dessen Schöpfungen, obwohl zur Zeit auch in ihrer norwegischen Heimat noch lange nicht nach Gebühr gewürdigt, doch sicher danach angetan sind, in naher Zukunft die allgemeine Aufmerksamkeit auf ihn zu lenken.

Dieser Autor ist Bjarne Peter Holmsen.

Am 19. Dezember 1860 als der dritte Sohn eines streng orthodoxen Landpfarrers in Hedemarken geboren, verlebte er seine Kindheit in der alten Handelsstadt Bergen. Ein Onkel von ihm, ein Bruder seiner Mutter, der dort als Rechtsanwalt tätig war, hatte ihn, um seinen Eltern, deren Nachwuchs sich unterdes noch vergrößert hatte, eine Last abzunehmen, zu sich genommen.

Aber die Fortschritte des kleinen Bjarne auf der Lateinschule waren sehr mittelmäßige. Der Onkel erlebte nur wenig Freude an ihm. Es schien keine Aussicht vorhanden, daß er jemals sein Nachfolger werden würde. Er ist es auch in der Tat nicht geworden. Ob nun nur seiner geringen Begabung für die Humaniora zu Folge, mag freilich dahingestellt bleiben. Tatsache jedenfalls ist es, daß der zukünftige Autor des Papa Hamlet, an dessen grandiosem Humor sich die Leser dieses Buches sicher erquicken werden, in Christiania bereits durch sein erstes Examen hoffnungslos durchfiel. Ein Band Gedichte, der für die damalige Stimmung des jungen Poeten bezeichnend genug Eintagsfliegen betitelt war, mochte wohl die meiste Schuld daran getragen haben. Als psychologisch bedeutsam darf uns jedenfalls auch der Umstand gelten, daß der junge Lyriker die weitaus größte Mehrzahl dieser »Eintagsfliegen«, denen allzugroße Originalität allerdings nicht nachgerühmt werden kann, in den Seziersälen der Anatomie verfaßt hatte. Seine spätere Vorliebe für die nackte Realität der Dinge war also damals noch eine ziemlich geteilte. Erst die Erfahrung, daß seine »Eintagsfliegen« das in Wirklichkeit gewesen waren, wofür er sie prophetischen Gemüts ausgegeben hatte, nämlich Eintagsfliegen, deren kläglicher Existenz die Lumpenstampe bald ein jähes Ende bereitet hatte, mochte den Ausschlag gegeben haben.

Mit seinem Studium schien es nichts Rechtes werden zu wollen. Ein erneuter Versuch des Onkels, ihn der Wissenschaft dadurch zu retten, daß er ihn dazu beredete, sich wenigstens auf ein Semester in die theologische Fakultät einschreiben zu lassen, scheiterte. Damit hatte Bjarne Peter Holmsens akademische Laufbahn ihren Abschluß erreicht. Er war verloren für immer ...

Nur schwer wollte jetzt sein Vater, dessen Hoffnungen sich arg enttäuscht sahen, seine Einwilligung dazu geben, daß sein Sohn Kaufmann wurde. Erst als der Onkel, der, selber kinderlos, trotz der vielen Sorgen, die ihm sein Neffe bereitete, doch eine innige Neigung zu ihm gefaßt hatte, sich bereit erklärte, ihn zu diesem Zwecke ins Ausland zu schicken, konnte er sich dazu verstehen, seine Bedenken zu überwinden.

Das große Leben draußen, die neuen Eindrücke, die [29] täglich geregelte Arbeit und wohl auch nicht in letzter Linie das mehrjährige Fernsein von der Heimat: auf alles das baute man. Und in der Tat, man hatte sich diesmal nicht verrechnet. Als der junge Bjarne nach dreijähriger angestrengter Tätigkeit in einem Londoner Bankhause, der sich dann noch ein weiterer zweijähriger Aufenthalt in Brest angeschlossen hatte, wieder nach Bergen zurückgekehrt war, durften die Seinen mit ihm zufrieden sein.

Diese Zufriedenheit bekam erst wieder einen Stoß, als man schließlich dahinter kam, daß der junge Bankier nebenbei auch noch wieder schriftstellerte. Wie die meisten seiner Landsleute, die ihre Entwicklung dem Auslande verdanken, hatte auch er eben Ideen und Anschauungen von dort mitgebracht, die zu den kleinen Verhältnissen seiner Heimat nicht mehr recht passen wollten. Was natürlicher, als daß jetzt der alte Poet in ihm wieder lebendig geworden war; zumal auch die großen, neuen Literaturtaten seines Volkes, für deren Bedeutsamkeit ihm erst jetzt das rechte Verständnis aufgegangen war, nicht ohne Einfluß auf ihn geblieben sein konnten.

Freilich läßt sich konstatieren, daß dieser Einfluß kein unbeschränkter war.

Bereits aus den vorliegenden Stücken, zu deren Sammlung mich namentlich auch grade ihre unbestreitbare Originalität ermutigte, wird sich der Leser darüber orientieren können, wie schnell es unsrem Dichter gelang, sich zu einer eignen Individualität emporzuringen. Die vor keiner Konsequenz zurückschreckende Energie seiner Darstellungsweise, für die man sich selbst in seiner heimischen norwegischen Literatur vergeblich nach Vorbildern umsieht, scheint mir sogar Keime in sich zu enthalten, die bei vollerer Entfaltung weit über die Grenzen des Hergebrachten hinauswachsen werden. Man ahnt, wie sie das lebendige Produkt einer Zeit ist, von der das Wort geht, daß ihre Anatomen Dichter und ihre Dichter Anatomen sind. –

Die Übersetzung war, wie sich aus dem Vorstehenden wohl bereits von selbst ergibt eine ausnehmend schwierige. Die speziell norwegischen Wendungen, von denen das Original begreiflicherweise nur so wimmelt, mußten in der deutschen Wiedergabe sorgfältig vermieden werden. Doch glaube ich, daß dies mir in den meisten Fällen gelungen ist. Ich habe keine Arbeit gescheut, sie durch heimische zu ersetzen, wo ich nur konnte.

Über meinen Autor hier eine Kritik zu fällen, steht mir nicht zu. Doch bekenne ich gerne, daß das Studium, das ich auf ihn verwandte, ihn mir um so lieber machte, je eingehender ich mich mit ihm beschäftigte. Es würde mir eine Genugtuung sein, wenn es den Lesern dieses Buches ebenso erginge.

Daß das Grundkolorit fast aller seiner Schöpfungen, die der jugendliche Dichter freilich samt und sonders, bezeichnend genug, nicht etwa bereits als abgerundete Kunstwerke, sondern nur als »Studien« zu solchen aufgefaßt wissen will,[1] ein düstres ist, wird niemand wundernehmen. Es ist eben die Mitternachtssonne seiner nordischen Heimat, die ihren trüben Schein auch über sie ausgießt. Zum Teil freilich mögen es auch Umstände rein persönlicher Natur sein, die hier mitwirken. Ein hartnäckiges Augenübel zwang den kaum Fünfundzwanzigjährigen, seiner praktischen Tätigkeit zu entsagen. Und es ist nur anzunehmen, daß sich jetzt auch der Schriftsteller durch dieses Leiden beeinträchtigt fühlt.

---

[1] Vgl. die Einl. zu Ein Städtchen am Fjord. Christiania 1887.

Sein großartig angelegter Sozialroman *Fremud*, dessen Buchausgabe er soeben vorbereitet, wird erkennen lassen, ob dieses Leiden drohend genug ist, um ernstere Befürchtungen für diese Kraft aufkommen zu lassen.

Jedenfalls darf uns auch dieses schon ein Beweggrund mehr sein, für den Dichter einzutreten. Es soll ihm nicht gehen wie seinem großen Landsmanne Björnson, dessen beste Novelle im Original bereits in mehr als 70 000 Exemplaren verbreitet war, ehe sie volle 20 Jahre nach ihrem ersten Erscheinen endlich ins Deutsche übertragen wurde.

Dr. Bruno Franzius

Papa Hamlet.

I

Was? Das war Niels Thienwiebel? Niels Thienwiebel, der große, unübertroffene Hamlet aus Trondhjem? Ich esse Luft und werde mit Versprechungen gestopft? Man kann Kapaunen nicht besser mästen? ...

»He! Horatio!«

»Gleich! Gleich, Nielchen! Wo brennt's denn? Soll ich auch die Skatkarten mitbringen?«

»N ... nein! Das heißt...«

– – »Donnerwetter noch mal! Das, das ist ja eine, eine – Badewanne!«

Der arme kleine Ole Nissen wäre in einem Haar über sie gestolpert. Er hatte eben die Küche passiert und suchte jetzt auf allen vieren nach seinem blauen Pincenez herum, das ihm wieder in der Eile von der Nase gefallen war.

»Hä? Was? Was sagste nu?!«

»Was denn, Nielchen? Was denn?«

»Schafskopp!«

»Aber Thiiienwiebel!«

»Amalie?! Ich...«

»Ai! Kieke da! Also döss!«

»Hä?! Was?! Famoser Schlingel! Mein Schlingel! Mein Schlingel, Amalie! Hä! Was?«

Amalie lächelte. Etwas abgespannt.

»Ein Prachtkerl!«

»Ein Teufelsbraten! Mein Teufelsbraten! Mein Teufelsbraten! Hä! Was, Amalie? Mein Teufelsbraten!«

Amalie nickte. Etwas müde.

»Ja doch, Herr Thienwiebel! Ja doch!«

Aber Frau Wachtel mühte sich vergeblich ab. Herr Thienwiebel, der große, unübertroffene Hamlet aus Trondhjem, wollte seinen Teufelsbraten nicht wieder loslassen.

»Hä, oller Junge? Hä?«

»In der Tat, Nielchen! In der Tat, ein ... ein ... Prachtinstitut! Ein Prachtinstitut!«

»Hoo, hoo, hoo, hopp!! Hoo, hoo, hoo, hopp!! Bumm!!!«

Der große Thienwiebel schwelgte vor Wonne. Er hatte sich jetzt sogar auf ein Bein gestellt. Hinten aus seinem karierten Schlafrock klunkerten die Wattenstücken.

»Aber Thiiienwiebel!« –

II

»Sein oder Nichtsein, das ist hier die Frage:

Ob's edler im Gemüt, die Pfeil' und Schleudern
Des wütenden Geschicks erdulden, oder ...
oder? ... Scheußlich!«

Der große Thienwiebel hielt wieder inne.

»Nicht zum Aushalten das! Nicht zum Aushalten!!«

Die fünf kleinen gelben Lappen hinter dem Ofen, die dort an einer Waschleine zum Trocknen aufgehängt waren, hatten ihn wieder total aus dem Konzept gebracht.

»Ekelhaft!«

Er hatte sich jetzt, die Hände in seinen Schlafrocktaschen vergraben, erbittert vor das Fenster aufgepflanzt.

Der Himmel drüben über den Dächern war tiefblau; in den nassen Dachrinnen, von denen noch gerade der letzte Schnee tropfte, zankten sich bereits die Spatzen; es war ein prachtvolles Wetter zum Ausgehn.

»Armer Yorick!«

Noch um eine Nuance verdüsterter hatte sich jetzt der große Thienwiebel wieder rücklings über das kleine, niedrige, mit blauem Kattun überspannte Sofa geworfen und starrte nun über die Spitzen seiner grünen, ausgetretenen Pantoffeln weg melancholisch zu Amalien hinüber.

Ihre dünnen, lehmfarbenen Haare waren noch nicht gemacht, ihre Nachtjacke schien heute noch schmutziger als sonst und stand vorn natürlich wieder offen; der kleine kirschrote Spießbürger, den sie, auf ihr Fußbänkchen gekauert, nachlässig aus einem Gummischlauch säugte, sah auf einmal häßlich aus wie ein kleiner Frosch.

»Armer Yorick!«

Herr Thienwiebel hatte sich wieder seufzend erhoben und setzte jetzt seine Wanderung von vorhin wieder fort.

»... oder? oder ...
Sich waffend gegen eine See von Plagen,
Durch Widerstand sie enden. – Sterben – schlafen –
Nichts weiter! –«

Vor dem Fenster konnte er sich jetzt wieder nicht versagen, eine kleine Pause zu machen.

Die Sonne draußen ging gerade unter. Die Dächer sahen fuchsrot aus. Aber ein Blick auf seinen alten, abgenutzten Schlafrock unten ließ ihn sich wieder zusammennehmen und seinen Monolog von neuem beginnen.

»Sein oder Nichtsein, das ist hier die Frage:
Ob's edler im Gemüt...

Ae, Quatsch!!«

Mit einem Ruck war jetzt der Shakespeare, den er sich eben aus seiner Schlafrocktasche gerissen, auf den Tisch geflogen, wo er die Gesellschaft einer Spirituskochmaschine, eines braunirdenen Milchtopfs ohne Henkel, eines alten, berußten Handtuchs, einer Glaslampe und einer Photographie des großen Thienwiebel in Morarahmen vorfand.

»He! Horatio! Horatio!!... Nicht zu Hause! Nicht zu Hause...«

Total vernichtet hatte er sich jetzt wieder auf das Sofa zurückgeschleudert und vertiefte sich nun in den tragischen Anblick eines schmutzigen Kinderhemdchens, das neben einer geplatzten Schachtel schwedischer Zündhölzchen vor ihm unten auf dem Fußboden lag.

»Verwünscht! Wenn man wenigstens mal ausgehn könnte, Amalie! Aber ich fürchte ... ich fürchte ... die Welt ist nicht vorurteilsfrei genug, um einen Niels Thienwiebel im Schlafrock und Zylinder unbehelligt seines Weges dahingehn zu lassen!«

Aber Amalie antwortete nicht einmal. Der kleine Krebsrote nahm ihre ganze Aufmerksamkeit in Anspruch. Sein Lutschen zog jetzt den ganzen Schlauch zusammen.

»Ja! Es ist so! Es ist so, Amalie! Aber sie schreiben mir noch immer nicht! Sie haben da Leute, Leute – Leute? Pah! Stümp'rr! O Schmach, die Unwert schweigendem Verdienst erweist!«

Jetzt hatte Amalie, die dies Thema bereits kannte, etwas aufgesehn.

»Ja... es wäre am Ende doch gut, wenn du einmal...«

Ihre Stimme klang heiser, belegt.

»Ja, so wird es kommen! Vielleicht... bei meiner Schwachheit und Melancholie...«

Der kleine Krebsrote schmatzte! Seine Flasche war jetzt so gut wie leer.

»Ich werde selbst hingehn müssen und fürliebnehmen mit dem, was man mir anzubieten wagt! Das Leben ist brutal, Amalie! Verflucht! Wenn man wenigstens einen Rock zum Ausgehen hätte!«

Sein Tenor war jetzt übergeschnappt, er hatte sich wieder lang über das Sofa zurückgeeselt.

Große Pause ...

Die Dächer draußen hatten sich allmählich braun gefärbt. Die Sonne an dem großen runden Schornstein drüben war verblichen.

Frau Thienwiebel fing jetzt hinten in ihrer Ecke zu husten an.

»Herr Gott, Niels! Ich muß ja inhalieren! Da, nimm doch mal das Kind!«

»Natürlich! Auch noch Kinderfrau! Oh, ich reiße Possen wie kein andrer! Was kann ein Mensch auch andres tun als lustig sein? Still, Krabbe!!«

Der kleine Krebsrote schwieg wieder. Er war noch nie so verblüfft gewesen.

»Da! Nimm's! Kau's! Friß! Verschluck's!«

Der große Thienwiebel hatte es jetzt sogar über sich gewonnen, seinem ungeratnen Sprößling auch den Schnuller in den Mund zu stopfen. Mehr war unmöglich zu verlangen!

Amalie hatte unterdessen die Ofenröhre aufgemacht und entnahm ihr jetzt einen kleinen, grünglasierten Kochtopf. Ein nach Salbei duftender Brodem entstieg ihm. Nachdem sie dann noch das kleine Geschirr neben den Ofen auf einen Stuhl und sich selbst auf die Fußbank davor gesetzt hatte, machte sie jetzt ihren Mund auf und atmete das heiße Zeug langsam ein.

Der große Thienwiebel, der sich unterdes mit seinem impertinenten kleinen Krebsroten auf die Tischkante placiert hatte, sah ihr nachdenklich zu.

»Hm! Weißt du, Amalie?«

»Hm??«

»Weißt du? Wir haben eigentlich eine ganz falsche Methode, das Kind zu nähren, Amalie!«

»Ach was!«

»Ich sage, eine Methode! Eine *verkehrte* Methode, Amalie!«

»Aber...«

»Verlaß dich drauf! Eine unnatürliche, Amalie!«

»Ja, du lieber Gott ...«

»Eine unnatürliche ... Wir sollten das Kind nicht mit der Flasche tränken!«

»Nich? Na, womit denn sonst?«

»Du selbst solltest es eben tränken!«

»Ich?«

»Gewiß, Amalie!«

»Ach, lieber Gott! Ich! Selbst!«

»Nun! Warum nicht?«

»Ich?? Bei meiner schwachen, kranken Brust jetzt?«

»Ach was! Das bildest du dir ja nur ein, Amalie! Ich sage dir, du bist völlig gesund. Du bist völlig gesund, sage ich! ... Übrigens: ein Kind kann ein für allemal nur dann gedeihen, wenn es die Mutter selbst säugt!«

Herr Thienwiebel war jetzt ganz eifrig geworden. Seine Langeweile von vorhin schien er völlig vergessen zu haben. Er schien es sogar nicht bemerkt zu haben, daß dem kleinen zappelnden Wurm auf seinen Knien der Schnuller wieder heruntergekullert war.

»Verlaß dich drauf, Amalie! Ich sage, die natürlichste Methode ist immer die beste! Denk doch mal: was sollten denn sonst die Negerweiber anfangen! Sie haben keine Flaschen! Sie nähren eben ihre Kinder selbst, siehst du ... und, und – nun ja! Und sie gedeihen dabei! Gedeihen! Na?«

»Ja, Niels, aber ich bin doch kein Negerweib!«

Der große Thienwiebel lächelte überlegen.

»Ja nun, du mußt ... hehe! Du mußt mich eben verstehn, Amalie! He!«

Amalie hatte sich wieder tief über ihren Salbeitopf gebückt.

»Ich wollte dir damit eben nur durch ein ... ein ... nun! sagen wir durch ein Beispiel, andeuten, daß das Natürlichste immer das Vernünftigste ist. Ich sehe eben durchaus nicht ein, warum die Negerweiber etwas vor uns voraushaben sollten!«

»Aber sie sind gesund!«

»Ach was! Das bildest du dir ja nur ein, Amalie, daß du krank bist!«

»Ich?«

»Allerdings, Amalie! Ich behaupte ...« Amalie war jetzt ein wenig ungeduldig geworden.

»Ach was! Laß lieber das Kind nicht so schrein!«

»Auch das ist wieder nur so ein Vorurteil von dir, Amalie! Was schadet das! Ich habe gelesen, es ist nichts gesünder! Die Lungen weiten sich dabei! Aber – e ... wie gesagt! Du solltest das Kind selbst tränken! Die heutige Kultur freilich, die Kultur der europäischen Welt ...«

Die Kultur überging Amalie. Sie hielt sich nur an die Ermahnungen, die sie nun schon so oft zu hören bekommen hatte.

»So! So! Jawoll doch! Gewiß! Bei unserm Leben! Den ganzen Tag lebt man von Kaffee und Butterbrot! Ich möchte wissen, wie das arme Wurm dabei gedeihen sollte!«

»Ha! Zu leben im Schweiß und Brodem eines eklen Betts, gebrüht in Fäulnis, buhlend und sich paarend über dem garst'gen Nest! Nicht wahr? Du willst damit sagen, daß ich an unsrer Lage schuld bin, Amalie!«

»Na! Etwa ich?«

»Weib!!«

»Moi'n!«

Die Tür, an der es schon eine ganze Weile vergeblich geklopft hatte, wurde in diesem Augenblick weit aufgestoßen, und herein, in seinem ewigen Havelock, der vor Zeiten wahrscheinlich einmal hechtgrau gewesen war, den ungeheuren schwarzen Schlapphut tief in das kleine fidele, blasse Gesichtchen gedrückt, tänzelte jetzt der kleine Ole Nissen.

»Moi'n! Also laßt euch nicht stören, Kinder! Bitte, bitte! Keine Umstände, Nielchen! Keine Umstände! Weiß schon! Probiert 'ne neue Szene ein! Also, wie gesagt ... Donnerwetter! Ist das Biest hart!«

Er hatte sich eben mitten auf das kleine Kattun'ne plumpsen lassen und dabei wieder in einem Haar seine Ägypter verloren, die er schief zwischen die Zähne geklemmt hielt.

»Also, wie gesagt! Laufe da eben ganz trübselig den Hafendamm runter. Hä? Und wer begegnet mir da? Der Kanalinspektor! Na, wer denn sonst? Der Kanalinspektor natürlich! Nobel verheiratet, Villa in Bratsberg, no! etc. pp. Könnt euch ja denken! Schleift mich also natürlich sofort zu Hiddersen und läßt vorfahren ... Na, oller Junge? Wie geht's? ... Faul! sag ich also natürlich. Faul! ... Hm! Weißte was? Könntest eigentlich meine Alte porträtieren! ... Hm! Mit Jenuß, Kind! Mit Jenuß! Aber – e ... Farben, siehst du – he, Leinwand, Rahmen also ... Hä! Was? Nobles Putthuhn!!«

Ole Nissen ließ jetzt die schönen, noblen Kronen in seinen Taschen nur so klimpern.

»Frau Wach-tel! Frau Wachtell!! Frau Wach-telll!!!«

Das Haus Thienwiebel schwamm wieder in Wonne. Sein Krach war wieder auf eine Weile verschoben.

»Hä! Und dies? Ist das Butter? Und dies? Hä? Ist das Schinken? Hä? Und dies? Hä? Platz für das Silberzeug! Silentium!!«

Der kleine Ole war heute wieder ganz aus dem Häuschen ...

Nachdem das »Silberzeug« dann endlich abgeräumt und die Punschbowle zu zwei Dritteln bereits geleert war, mußte Frau Wachtel sogar noch die Skatkarten »ranschleifen«. Es war einfach herrlich! Der große Thienwiebel hatte seinen türkischen Fez auf, Ole Nissen bot seine Ägypter sogar galant der alten Madame Wachtel an, die sich aber empört von ihnen wieder in ihre Küche zurückflüchtete, Amalie rauchte tapfer mit. Ihre alten Opheliajahre waren wieder lebendig in ihr geworden.

»Ach, Thienwiebel! Niels!! Geliebter!!!«

Der große Thienwiebel stand da und weinte.

»Bin ich 'ne Memm'? – Ha! Rauft mir den Bart und werft ihn mir ins Antlitz! Nein, reizende Ophelia! Nein! Weine nicht! Mein Schicksal ruft und macht die kleinste Ader meines Leibes so fest als Sehnen des Nemeerlöwen! ... Was, alter Jephta? ... Nein, glaube nicht, daß ich dir schmeichle! Was für Befördrung hoff ich wohl von dir, der keine Rent' als seinen muntren Geist, um sich zu nähren und zu kleiden hat!«

Seine Stimme brach ab, die Hand, die er ihm auf die Schulter gelegt hatte, zitterte. –

Zuletzt, als die alte Glaslampe nur noch wie eine kleine Ölfunzel brannte und die prachtvollen Ägypter um ihre grüne Glocke einen schönen, silbergrauen, fingerdicken Nebelring gelegt hatten, wurde auch der kleine Ole Nissen gerührt.

Er hatte sich nach und nach zu der reizenden Ophelia auf das kleine, blaue Kattunüberzogene gedrängt und titulierte sie nur noch »Miezchen«. Jetzt hatte er endlich auch ihre Hände zu fassen bekommen und bedeckte sie nun mit seinen Küssen.

Der große Thienwiebel erhob keine Einsprache. Er hatte segnend seine Hände über sie gebreitet und konnte sein Herz nur noch stammelnd ausschütten.

»Der Kreis hier weiß, ihr hörtet's auch gewiß, wie ich mit schwerem Trübsinn bin geplagt!«

Der kleine Krebsrote hinten in seiner Ecke hatte unterdessen seine Not mit sich gehabt. Schon verschiedene Male hatte er sich in den Schlaf geweint. Jetzt aber war er wieder aufgewacht und konnte absolut nicht mehr seinen Gummipfropfen finden. Die reizende Ophelia hörte ihn nicht. Sie war längst in ihrer Sofaecke eingeschlafen. Er schrie jetzt, als ob er am Spieße stak.

Der große Thienwiebel hatte natürlich erst recht keine Zeit für den Schurken. Er hatte den kleinen Ole Nissen, der jetzt kaum noch seine kleinen, wasserblauen Augen aufhalten konnte, vorn an seinem Rockkragen zu packen bekommen und deklamierte nur wieder:

»Er ist eine Elster, Horatio! Eine Elster! Aber, wie ich dir sagte, mit weitläufigen Besitzungen von – Kot gesegnet!«

III

Es war nicht anders! Aber er hegte Taubenmut, der große Thienwiebel, ihm fehlte es an Galle ...

Er hatte seit kurzem – er wußte nicht wodurch? – all seine Munterkeit eingebüßt, seine gewohnten Übungen aufgegeben, und es stand in der Tat so übel um seine Gemütslage, daß die Erde, dieser treffliche Bau, ihm nur ein kahles Vorgebirge schien. Dieser herrliche Baldachin, die Luft, dieses majestätische Dach mit goldnem Feuer ausgelegt: kam es ihm doch nicht anders vor als ein fauler, verpesteter Haufe von Dünsten. Welch ein Meisterwerk war der Mensch! Wie edel durch Vernunft! Wie unbegrenzt an Fähigkeiten! In Gestalt und Bewegung wie bedeutend .und wunderwürdig im Handeln, wie ähnlich einem Engel; im Begreifen, wie ähnlich einem Gotte; die Zierde der Welt! Das Vorbild der Lebendigen! Und doch: was war ihm diese Quintessenz vom Staube? Er hatte keine Lust am Manne – und am Weibe auch nicht. Die Zeit war aus den Fugen! War es zu glauben? Aber – e – man hatte ihm noch immer nicht geschrieben. Man war undankbar in Christiania. Armer Yorick!

Sterben, schlafen ... vielleicht auch träumen? ...

Einstweilen jedoch hatte es allen Anschein, als ob gewisse Rücksichten das Elend des armen Yorick noch zu hohen Jahren kommen lassen wollten. Jedenfalls wenigstens durften jetzt die naseweisen Aktschüler unten in der Akademie den großen unübertrefflichen Hamlet aus Trondhjem schon seit vollen vierzehn Tagen in den schönen, langen Vormittagsstunden als sterbenden Krieger kopieren. Das war freilich eine Entwürdigung, aber sie brachte Geld ein. Nur genügte es leider noch nicht.

Wenn der »arme Yorick« jetzt mittags nach Hause kam und sich mit einem Appetit, als hätte er eben vierundzwanzig Stunden lang ohne aufzusehn Eichenkloben zerkleinert, über die große Schüssel herstürzte, die ihm die reizende Ophelia schon vorsorglich verdeckt, der Photographie des großen Thienwiebel grade gegenüber, auf den Tisch gestellt hatte, fand sich meist nur eine etwas grün angelaufene, dünne Kartoffelsuppe drin vor, in der höchstens hie und da noch ein paar kleine, kohlschwarze Speckstückchen schwammen. Armer Yorick! ...

Amalie schien schon seit undenklichen Zeiten ihre Nachtjacke nicht mehr in die Waschwanne gesteckt zu haben. Wozu auch große Toilette machen? Man war ja zu Hause.

»Nicht wahr, Thienwiebel?«

Der große Thienwiebel hielt es für unter seiner Würde zu antworten. Er hatte sich eben wieder in seinen alten, bequemen Schlafrock geworfen, aus dem die Watte freilich, ihrer nur noch geringen Quantität halber, nicht mehr recht klunkern konnte.

Seinen William aufgeklappt, hatte er sich jetzt wieder tiefsinnig rücklings über das kleine Blaukattunene geworfen.

> »Oh, schmölze doch dies allzu feste Fleisch,
> Zerging' und löst' in einen Tau sich auf!
> Oder hätte nicht der Ew'ge sein Gebot
> Gerichtet gegen Selbstmord! O Gott! o Gott!
> Wie ekel, schal und flach und unersprießlich
> Scheint mir das ganze Treiben dieser Welt!
> Pfui! Pfui darüber!«

Amalie, die sich wieder auf ihre kleine, mollige Fußbank neben den Ofen gesetzt und eben ihre Schmalzstulle in den Kaffee gestippt hatte, sah jetzt etwas verwundert in die Höhe. Als aber der »arme Yorick« dann nicht mehr weiterlas und, seinen William zugeklappt, sich jetzt sogar, ganz wider seine sonstige Gewohnheit, mit dem Kopfe gegen die Wand gedreht hatte, wurde ihr denn doch ein wenig unbehaglich zumut.

Eine Weile noch überlegte sie; dann aber, endlich, hatte sie sich entschieden. Ihre Stimme klang noch kläglicher als sonst.

»Ich will nähen gehn, Niels.«

»Nein, Amalie! Niemals! Niemals! Das werde ich nie dulden! Das wäre eine unverzeihliche Vernachlässigung deiner heiligsten Mutterpflichten!«

Er war wieder empört aufgesprungen.

»Nein, Amalie! Nie! Niemals! ... Solang Gedächtnis haust in dem ... zerstörten Ball hier!«

Er hatte sich melodramatisch vor die Stirn gestoßen.

Amalie fühlte sich wieder beruhigt und biß jetzt herzhaft in ihre Schmalzstulle ...

»Herein?«

Es war Frau Wachtel. Sie brachte wieder die Milch für den Kleinen.

Der große Thienwiebel hatte es sich nicht versagen können, ihn auf den Namen Fortinbras taufen zu lassen.

»Na, Dickerchen? Langweilste dich? Oh, mein Mäuseken! Oh!«

Sie fand nämlich, daß Amalie ihren heiligsten Mutterpflichten etwas nachlässig oblag, und gestattete sich öfters eine kleine Kontrolle.

Frau Rosine Wachtel war nämlich im Besitze eines guten Herzens. Und das mußte wahr sein, denn sie sagte es selbst und vergoß jedesmal Tränen dabei. Indessen war ihr dieser Besitz noch nicht allzu gefährlich geworden. Denn es war ihr noch niemand durchgebrannt, und sie war noch immer zu ihrem Geld gekommen; und das war oft ein Stück Arbeit gewesen. Frau Rosine Wachtel konnte das jeden versichern ...

»Ach, du Würmeken! Ach, mein Putteken! Hab'n se dir so in'n Korb jestochen!«

Die gute Frau Wachtel war ganz gerührt. Aber plötzlich, aus irgendeinem Grunde, wahrscheinlich weil draußen auf dem Flur eben jemand die Treppe heraufzukommen schien, hielt sie es jetzt doch für besser, sich schnell noch mal nach ihrer Küche umzusehn ...

Der große Thienwiebel, der etwas ungeduldig gewartet hatte, bis ihr runder, trivialer Rücken endlich hinter der Tür verschwunden war, weil er wieder etwas wie einen Monolog in sich verspürte, war jetzt tragisch auf das kleine runde Spiegelchen über der Kommode zugetreten, aus dem ihm nun sein schöner, edelgeformter Apollokopf melancholisch zunickte.

»Armer Freund! Wie ist dein Gesicht betroddelt, seit ich dich zuletzt sah!«

Amalie bekümmerte sich nicht mehr um ihn. Sie kannte ihren großen Gatten.

»Armer Freund!«

War das sein Haar? Sein schönes, berühmtes, blauschwarzes Haar? Eine grausame Natur der Dinge hatte ihm nun schon seit Wochen verwehrt, es sich brennen zu lassen. In die Stirn, in diese erhabene Wölbung majestätischer Gedanken, fiel es ihm nun in Strähnen, dick und feist, wie sie selber, diese schale, engbrüstige Zeit.

»Armer Freund!«

Nachdem er sich so zu der erhabenen Mission, die ihm vorschwebte, genügend präpariert zu haben glaubte, drehte er sich jetzt gemessen nach dem kleinen, gelben Korb um, der dicht neben dem Bett quer über zwei Stühle gestellt war.

»Armes kleines Menschenkind! Welch böser Stern verdammte dich in dieses Elend!«

Das arme kleine Menschenkind zappelte ihn an und lachte.

»Aber still! Still! Ich will alles einsetzen! Ich will meine ganze Kraft einsetzen! Ich werde arbeiten, Freund! Ich werde arbeiten! Ich werde dem Schicksal die Stirn bieten; ich werde ihm abtrotzen, daß du in dieser herben Welt dereinst jene Stellung einnimmst, die deinen Talenten gebührt ... Ja! So macht Gewissen Feige aus uns allen. Der angebornen Farbe der Entschließung wird des Gedankens Blässe angekränkelt; und Unternehmungen voll Mark und Nachdruck, durch diese Rücksicht aus der Bahn gelenkt, verlieren so der Handlung Namen!«

Seine Stimme bebte, seine Schlafrocktroddeln hinter ihm, die er sich zuzubinden vergessen hatte, zitterten.

Amalie hatte jetzt ihr Schmalzbrot wieder beiseite gelegt.

»Niels, ich will doch lieber nähen gehn!«

»Nie! Nie! Sprich nicht davon, Amalia! Bei meinem Zorn! Sprich nicht davon!«

Amalie war wieder beruhigter denn je.

Ihr schönes Schmalzbrot war, Gottseidank, noch nicht ganz alle. Der große Thienwiebel, der einigermaßen aus seinem Konzept gekommen war, hatte jetzt einige Mühe, wieder hineinzukommen. Den Shakespeare, den er wieder von der Erde aufgelesen hatte, hinten in seinen Wattenklunkern, die Finger krampfhaft um seinen roten Saffianrücken, nickte er jetzt wieder schmerzlich auf das kleine, verwunderte Bündelchen hinab. Es hatte die ganze Zeit über kaum zu mucksen gewagt.

»Ich weiß ... ich werde sterben, Freund! Ich werde sterben! – Das starke Gift bewältigt meinen Geist! Ich kann von England nicht die Zeitung hören; doch prophezei ich, die Erwählung fällt auf Fortinbras ... Du lebst; erkläre mich und meine Sache den Unbefriedigten!«

Der kleine Fortinbras war jetzt ganz ernsthaft geworden. Er hatte seinen großen Papa noch nie so menschlich mit ihm reden hören.

»Den Unbefriedigten ...«

Der Regen draußen, der die braunen Dächer drüben schon seit frühmorgens wie mit Glanzlack überzogen hatte, plätscherte, aus dem Fensterblech, unter das die reizende Ophelia natürlich wieder den Wasserkasten zu hängen vergessen hatte, war er jetzt allmählich sogar die graue Tapete hinab bis mitten unter das kleine Blaukattunene gekrochen. Auf seinem kleinen Teich drunter konnten die beiden angebrannten Schwefelhölzchen bereits in aller Gemächlichkeit rundherum Gondel fahren.

Plötzlich schien den großen Thienwiebel wieder mal irgend etwas unversehens gestochen zu haben.

»Amalie! Amalie!«

»Was denn schon wieder, Thienwiebel!«

Sie hatte sich nicht einmal umgesehn.

»Amalie, es ist nicht zu leugnen: das Kind hat ganz außergewöhnliche Fähigkeiten! Es hat mich soeben angelacht. Es unterhält sich ordentlich mit mir!«

Amalie grunzte nur verdrießlich.

»Ich wette, man kann ihm schon die Anfangsgründe des Sprechens beibringen, Amalie!«

»Hm? du! Sag mal: a! Na?! a – a – a ...«

Der kleine, gute Fortinbras wußte sich jetzt vor lauter Verdutztheit gar nicht mehr zu lassen. Er hatte seine beiden dicken Händchen rechts und links in den Korbrand gekrallt und ähte nun, seinen Kopf nach hinten zurückgelegt, seinen großen Papa ganz vergnügt an.

»Nicht ä, mein Junge! Sag a! A sollst du sagen! Also? Na? Aaaa! ...«

»Ach, laß doch! Das kann er ja noch nich!«

Amalie hatte es endlich doch für angezeigt gehalten, sich ins Mittel zu legen.

»Was?! Das kann er nicht?! Sage das nicht, Amalie! Sage das nicht! Dafür ist er *mein* Junge! Hä? Bist du mein Junge? Hä?«

»Aber er ist ja erst kaum ein Vierteljahr alt!«

»So? So? Nun, hm ... Ich will nicht mit dir rechten, Amalie! Allein du wirst doch vorhin bemerkt haben, daß er durchaus verstand, was ich meinte!«

Amalie gähnte. Sie gab es auf. Es hatte ja keinen Zweck! Es war ja alles egal! So oder so!

Der große Thienwiebel aber war damit noch nicht zufrieden. Er konnte seine Idee noch nicht so leicht wieder fallenlassen.

»Nein, gewiß, Amalie! Der Junge berechtigt zu den besten Hoffnungen!«

»Ach ...«

»Nun! Was ist denn da so Ungewöhnliches dabei, Amalie? Du weißt: es gibt; mehr Ding' im Himmel und auf Erden, als unsere Schulweisheit sich träumt, Amalie!«

Amalie gähnte nur wieder.
»... und nun, ihr Lieben,
Wofern ihr Freunde seid, Mitschüler, Krieger,
Gewährt ein Kleines mir!«
Sie gewährten es ihm.

Es war wirklich zu schön von dem großen Thienwiebel! Aber er hatte sich jetzt tief über seinen kleinen, süßen Fortinbras, der zu so großen Hoffnungen berechtigte, gebeugt und wollte ihn nun – oh, zum ersten Mal, zum ersten Mal, seit langer, langer Zeit, Horatio! – wieder auf die kleine bleiche Stirn küssen.

Aber es sollte nicht dazu kommen. Er war bereits wieder zurückgetaumelt, noch ehe er seine schöne Tat zum Austrag gebracht hatte.

»Ha!«

Seine Augen rollten, seine Fäuste hatten sich geballt, die beiden roten Troddeln hinten an seinem Schlafrock schlotterten vor Entrüstung.

»Ha!«

Das Rätsel von der alten, lieben, guten, geschäftigen Frau Wachtel von vorhin hatte sich glänzend gelöst.

Sei's Farbe der Natur, sei's Fleck des Zufalls, kurz und gut, aber der kleine Prinz von Norwegen lag wieder seelenvergnügt mitten in seinen weitläufigen Besitzungen da.

IV

Seit die schöne Frau Kanalinspektor, sorgsam in Sackleinwand genäht, endlich abgegangen war und weitere Promenaden am Hafendamm sich nicht wieder ergiebig erwiesen hatten, war jetzt auch nebenan bei dem kleinen Ole Nissen nichts mehr zu holen. Erneute Bohrversuche bei dem famosen, noblen Putthuhn hatten auch nichts gefruchtet. Seine »Alte« schien ihm nicht sonderlich imponiert zu haben. Wenigstens hatte ihr kleiner »Tintoretto« sie bei seiner letzten offiziellen Visite draußen vergeblich an den neuen, schöntapezierten Wänden gesucht. Übrigens waren die Herrschaften gerade ausgegangen. Man schien eben nicht bloß in Christiania allein undankbar zu sein.

Keine Hummern bei Hiddersen mehr, keine Ägypter mehr, keine »Mieze« mehr! Das letzte schmerzte den armen, kleinen Ole natürlich am meisten. Aber man konnte es der Kleinen wirklich unmöglich verdenken. Von aufgeweichten Brotkrusten ließ sich nicht satt werden.

Der alten, lieben, guten Frau Wachtel aber war damit ein sehr großer Stein vom Herzen gefallen. Sie hatte nämlich die niedliche kleine Mieze einmal dabei ertappt, als sie dem abscheulichen Ole grade Modell stand, und da sie hierfür wirklich auch nicht das mindeste Verständnis besaß, ein gewisses, kleines Vorurteil gegen sie gefaßt.

Ihr gutes Herz zu betätigen hatte sie in letzter Zeit leider nur zu wenig Gelegenheit gehabt. Am unzufriedensten aber war sie jedenfalls mit den dummen Thienwiebels. Was bei der alten Schlamperei dort schließlich rauskommen mußte, konnte man sich ja an den Fingern abzählen.

Der alte, alberne Kerl ???flözte sich den ganzen Tag auf dem Sofa rum und trieb Faxen, das faule, schwindsüchtige Frauenzimmer hatte nicht einmal Zeit, seinem Schreisack das bißchen blaue Milch zu geben, zu fressen hatten sie alle drei nichts, und die Miete – ach, du lieber Gott! Wenn man nicht wenigstens noch die paar Sparkreeten gehabt hätte ...

– – Ja! Es war Wermut! Sein Verstand war krank! Es fehlte ihm an Beförderung! Im Schoße des Glückes? Oh, sehr wahr! Sie ist eine

Metze! Was gibt es Neues? Als Roscius noch ein Schauspieler zu Rom war ... Geharnischt, sagt Ihr? Sehr glaublich! Sehr glaublich! – Ein Mann, der Stöß' und Gaben mit gleichem Dank genommen, der zur Pfeife nicht Fortunen diente, den Ton zu spielen, den ihr Finger griff, ein Bettler, wie er ... Nichts mehr davon!! Sprich weiter, komm auf Hekuba!

In der Tat, es ließ sich nicht mehr leugnen: er war jetzt wirklich zu bedauern, der große Thienwiebel!

Oh, welch ein Schurk' und niedrer Sklav' er war!! War's nicht erstaunlich? War's zu glauben? War's möglich? War's nur durch Angewohnheit, die den Schein gefäll'ger Sitten überrostet, war's Übermaß in seines Blutes Mischung: kurz und gut, aber er kam jetzt immer wieder auf sie zurück: auf nichts, auf Hekuba!

Wozu sollten Gesellen wie er zwischen Himmel und Erde herumkriechen? Dem Staub gepaart, dem er verwandt, so rings umstrickt mit Bübereien ... nicht doch, mein Fürst!! Die Mausefalle? Und wie das? Metaphorisch! Ich bitte, spotte meiner nicht, mein Schulfreund; Du kamst gewiß zu meiner Mutter Hochzeit!

Armer Yorick! Denn wenn die Sonne Maden aus einem toten Hunde ausbrütet, eine Gottheit, die Aas küßt ... Armer Yorick!

Sein Wahnsinn war des armen Hamlet Feind. –

Amalie, die endlich ihre Drohung wahrgemacht und in der Tat seit einiger Zeit etwas zu tun angefangen hatte, was sie Trikottaillen nähen nannte, ließ alles getrost über sich ergehen. Es hatte ja keinen Zweck! Es war ja alles egal! So oder so.

Der gute, kleine Ole Nissen war unendlich zarter besaitet. Da Frau Wachtel so freundlich gewesen war und ihm nach so vielen andern geliebten Gegenständen kürzlich auch noch seine schönen leberwurstfarbenen Pantalons ins Leihhaus getragen hatte, war er jetzt dazu verdammt, die ganzen Tage über in seinem Bett zu liegen und durch die dünnen Bretterwände durch die ganze Wirtschaft mit anzuhören.

»Ha! Büberei! Auf, laßt die Türen schließen! Verrat! Sucht, wo er steckt! Du betest schlecht! Ich bitt dich! Laß die Hand von meiner Gurgel! Kennst du diese Mücke?!«

Armer, kleiner Ole! War es Angst oder nur Langeweile? Aber der Schweiß brach ihm oft tropfenweis durch die Stirn.

Der große Thienwiebel schien es ordentlich auf ihn abgesehn zu haben! Alle Nachmittag Punkt fünf Uhr versäumte er es jetzt nie, sogar seine »Bude« zu inspizieren. Diese war freilich noch erbärmlicher als seine eigene, aber sie besaß dafür den Vorzug, daß man aus ihrem Fenster bequem unten auf das breite, platte, geteerte Nachbardach klettern konnte, von dem man dann eine erfreuliche Aussicht auf die verschwiegenen Brandmauern mehrerer Hinterhäuser genoß. Ein kleines anspruchsloses Pflaumenbäumchen, dessen verkrüppelte Ästchen von Raupen und Spatzen nur so wimmelten, vervollständigte das Idyll. Der arme kleine Ole spürte die verhängnisvolle Zeit schon immer eine ganze Weile vorher in seinen Knochen. Der große Thienwiebel beliebte es dann nämlich immer, gewisse Unterhaltungen mit ihm anzuknüpfen, die so geistvoll, ideentief und farbenreich waren, daß dem kleinen Ole, den seine ewigen Brotkrusten schon ohnehin arg mitgenommen hatten, nur so der Kopf danach brummte.

»Ich will hier im Saale auf und ab gehn, wenn es Seiner Majestät gefällt; es ist jetzt bei mir die Stunde, frische Luft zu schöpfen. Laßt die Rapiere bringen!«

Die »Rapiere« waren zwei Leiterstücken, die man zusammenlegen und von draußen her in das Fensterkreuz einhaken konnte.

Wenn sie »gebracht« worden waren, endete die Geschichte natürlich stets damit, daß man sie auch richtig einhakte und an ihnen hinabkletterte.

»Hic et ubique! Ändern wir die Stelle!«

Dann war man in »Helsingör« und promenierte auf der »Terrasse«. Der große Thienwiebel in Fez und Schlafrock, der kleine Ole in Havelock und Unterpantalons.

»Ich will die Lieb' Euch lohnen, lebt denn wohl, Horatio! Auf der Terrasse zwischen elf und zwölf besuch ich Euch ... Nicht wahr? Ihr – e ... seid ein – Fischhändler?!«

Scham, wo war dein Erröten!

Der arme, kleine Ole wußte zuletzt selbst nicht mehr: war eigentlich er verrückt, oder Nielchen.

Aber er hätte sich nicht so zu härmen brauchen. Der große Thienwiebel wußte nur zu gut, was er tat. Er war nur »toll aus Methode«. Er war nur toll bei Nordnordwest; wenn der Wind südlich war, konnte er sehr wohl einen Kirchturm von einem Leuchtenpfahl unterscheiden.

Die ewige Aktsteherei unten in der alten, dummen Akademie war ihm eben nachgerade langweilig geworden, und da er der alten, lieben, guten Frau Wachtel doch unmöglich zutrauen durfte, daß sie ihn noch länger gratis beherbergte, wenn er sich jetzt die »Quelle köstlicher Dukaten« so sans façon wieder zustopfte, war er eben eines schönen Tages auf die großartige Idee verfallen, sich hier in dieser herben Welt voll Müh' nach und nach für wirklich übergeschnappt auszugeben.

»Ha! Heisa Junge! Komm, Vögelchen! Komm! Ich muß nach England; wißt Ihr's? Himmel und Erde! Es ist nur eine Torheit, aber es ist eine Art von schlimmer Vorbedeutung, die vielleicht ein Weib ängstigen würde. Was? Eine Ratte? Die Spitze auch vergiftet? Nein! Nein, schöne Dame! Nicht nur mein düstrer Mantel, gute Mutter, noch die gewohnte Tracht von ernstem Schwarz, noch stürmisches Geseufz beklemmten Odems: nein: auch die Schmeichelsalb'! Ich hab's geschworen! Weglöschen von der Tafel der Erinnerung will ich all jene törichten Geschichten! Nie beuge sich dieses Knies gelenke Angel, wo Kriecherei Gewinn bringt! Ich trotze allen Vorbedeutungen: es waltet eine besondere Vorsehung über dem Fall eines Sperlings. In Bereitschaft sein ist alles. Wetter! Denkt ihr, daß ich leichter zu spielen bin als ein Flöte? Nennt mich, was für ein Instrument ihr wollt! Ihr könnt mich zwar verstimmen, aber nicht auf mir spielen ...«

Ha! Was? Ein *königliches* Bubenstück!

Dem kleinen Fortinbras schien dieses königliche Bubenstück am wenigsten zu imponieren. Ja, aus gewissen Anzeichen glaubte sein großer Papa manchmal sogar schließen zu dürfen, daß er noch nicht einmal recht Notiz von ihm genommen hatte.

Am auffälligsten zeigte sich dies aber regelmäßig dann, wenn es sich um die »ersten Elemente der Gesangskunst« handelte. Denn der »arme Yorick« war durchaus nicht gewillt, seinem schrecklichen Wahnsinn zuliebe auch die seltnen Talente seines zu so großen Hoffnungen berechtigenden Söhnchens verkümmern zu lassen.

Es war ausgemacht! Es war ausgemacht, o reizende Ophelia! Ja! Sagen wir Ophelia! Teufel! Warum sollten wir nicht Ophelia sagen? Kurz und gut: es war ausgemacht. Es sollte ihn und seine Sache den Unbefriedigten erklären ... Den Unbefriedigten! ...

Sobald er daher nur irgendwie merkte, daß der kleine Ole nebenan wieder einmal eingeschlafen und die gute Frau Wachtel wieder mal ausgegangen war und so »die beiden, denen er wie Nattern traute«, eine Zeitlang wieder »unschädlich« gemacht waren, ging der Tanz los. Seines Kummers »Kleid und Zier« war dann plötzlich wie abgefallen von dem großen Thienwiebel.

Seine »Einbildungen, schwarz wie Schmiedezeug Vulkans«, hatten den armen Yorick verlassen, er war wieder »zahm, Herr!«

»Hört doch! Ich bin wieder zahm, Herr! Sprecht! Ich bin wieder zahm!«

Aber der kleine, verstockte Fortinbras wollte nicht. Er hatte sich wieder nur in Ermangelung seines Gummipfropfens, den ihm die reizende Ophelia verbummelt hatte, seinen großen Zeh in den Mund gestopft und sog nun, daß es ihm aus den kleinen, mattrosa Mundwinkelchen nur so tropfte. Die ersten Elemente der Gesangskunst ließen ihn heute augenscheinlich noch kälter als sonst.

Empört hatte sich jetzt der große Thienwiebel wieder in die Höhe gerückt. Die beiden roten Troddeln hinten an seinem Schlafrock zuzubinden hatte er natürlich wieder vergessen.

»Amalie! Ich bemerke soeben zu meinem größten Erstaunen, Fortinbras ist störrisch!«

Amalie, die jetzt ihre kleine, mollige Fußbank der Trikottaillen wegen zu ihrem großen Leidwesen vom Ofen ans Fenster hatte verlegen müssen, war grade dabei, sich ihre erste Nadel für heute einzufädeln. Sie hatte wieder so lange inhalieren müssen ...

»Störrisch?«

»Wie ich dir sage, Amalie! Störrisch!«

»Ach, nich doch!«

»Amalie? Ich sage dir noch einmal – störrisch! Fortinbras ist störrisch! Stör – risch!!«

»Ach, red doch nich! Wo soll er denn störrisch sein!«

»Amalie?!«

Amalie sah sich nicht einmal um. Sie zuckte kaum mit den Achseln.

»So! So! Also du glaubst mir nicht mehr, wenn ich dir etwas sage! Du mißtraust mir! In der Tat! In der Tat! Ich hätte mir das denken können! Sag's doch lieber gleich! Wozu die Umstände! Du bedauerst, daß ich mich nicht noch schneller aufreibe!«

Amalie nieste. Sie wollte ihren Schnupfen gar nicht mehr loswerden. Mitten im Sommer.

»Natürlich! Wie sollte man auch nicht! Man vertreibt sich die Zeit mit – Niesen! Man trinkt Kaffee und vertreibt sich die Zeit mit – Niesen! In der Tat! In der Tat! Andre Leute mögen unterdes zusehn, wie sie fertig werden! ... Aber, ich werde es dir beweisen, Amalie! Hörst du? Ich werde es dir beweisen, daß Fortinbras störrisch ist! – – Du! Sag a ... a ... Nun? Wird's bald? ... Na? ... A! ... Du Schlingel! A! ... A!! ... Ha! Siehst du?! Wie ich dir sagte, wie ich dir sagte, Amalie! Der Lümmel brüllt, als wenn ihm der Kopf abgeschnitten wird! Er ist störrisch! Habe ich recht gehabt?! – Willst du still sein, du Zebra?! Gleich bist du still!«

Jetzt endlich war Amalie an ihrem Fenster plötzlich etwas aufmerksamer geworden.

»Du willst ihn doch nicht etwa – schlagen?«

»Gewiß will ich das, Amalie! Ein Kind darf nicht eigenwillig sein! Ein Kind bedarf der Erziehung, Amalie! Eine leichte Züchtigung ...«

»Niels!?«

»Ach was! Aus dem Weg! Aus dem Weg, sage ich! ... Da, du infamer Schlingel! Da, du in ... Amaaalie!«

»Gewiß, du alter Esel! Du glaubst wohl, du kannst hier am Ende tun, was du Lust hast? Du gehörst ja in die Verrücktenanstalt! Wie kann man denn 'n Kind von 'nem halben Jahr so malträtieren?! Wie kann man es schlagen!«

»Amaaalie!!«

War's möglich?! War es zu glauben?! War das seine Backe?!

»Amaaalie!!! ...«

V

»Wirtschaft, Horatio! Wirtschaft! Das Gebackne vom Leichenschmaus gab kalte Hochzeitsschüsseln. E – doch, um auf der ebenen Heerstraße der Freundschaft zu bleiben: was macht Ihr auf Helsingör?«

Der große Thienwiebel hatte wieder gut auf der ebenen Heerstraße der Freundschaft zu bleiben; was sollte der kleine Ole groß machen auf Helsingör? Was er nun schon seit Wochen machte: Firmenschilder pinseln! Das rentierte sich nämlich famos, weißt du!

Abel Gröndal: Materialwarenhandlung, auch Heringe – Lars Brodersen: Canariensieen und Hanfsamen – Jacob Lorrensen: Alle Sorten Rauch-, Schnupf- und Kautabak – etc. pp. Hä? Was? Noble Putthühner!!

Die schönen Leberwurstfarbenen waren wieder zu Ehren gekommen, die prachtvollen Ägypter wurden wieder nur so pfundweis verpafft, die verteufelte, kleine Mieze ließ die arme, liebe, alte, gute Frau Wachtel kaum mehr vom Schlüsselloch wegkommen.

Es war aber auch wirklich schrecklich, was es jetzt alles dort drinnen zu sehn gab. Die vielen weißen Salbentöpfe, in die die Farben nur so wie Butter reingequetscht waren, die merkwürdig großen Maurerpinsel, die der geschäftige, kleine Ole kaum zu dirigieren vermochte, die schönen, dicken, mannslangen Bretter, auf denen man jetzt die wunderbarsten Sachen zu lesen bekam, und vor allen Dingen auch jener große, geheimnisvolle, grüne Wandschirm dicht neben dem Ofen, hinter dem sich immer die schändliche, kleine Mieze versteckt hielt, das alles interessierte die alte, liebe, gute Frau Wachtel auf das lebhafteste. Noch nie hatte sie sich mit ihrer Stellung als Zimmervermieterin so zufrieden gefühlt. Die drückendsten alten Rückstände waren wieder ausgeglichen, für die dösigen Thienwiebels brauchte ihr jetzt auch nicht mehr so bange zu sein, ja, ja! Der liebe Herrgott!

Die reizende Ophelia war wieder in ihren alten Stumpfsinn zurückverfallen. Sie bereute ihre Untat aufs tiefste. Das einzige, was ihr so schließlich noch vom Leben übriggeblieben war, war ihr Salbeitopf.

Ihr großer Gatte verachtete sie nur noch ... Geschrieben – e ... hatte man ihm zwar unterdessen bereits, aber – e ... wie kam's, daß sie umherstreiften? Ein fester Aufenthalt war vorteilhafter für ihren Ruf als ihre Einnahme! Kurz und gut, es war eben nur eine umherziehende Truppe gewesen, und der große Thienwiebel hatte sich zu degradieren gefürchtet. Solange noch der kleine Ole da nebenan da war ... kurz und gut: er tat, was ihm Beruf und Neigung hieß! Denn ... e ... jeder Mensch hat Neigung und Beruf!

Am schlimmsten erging es jedoch entschieden dem kleinen Fortinbras. Seine Zähnchen hatten ihm seinen schönen Gummipfropfen ganz verleidet. Er hatte an nichts mehr Freude; nicht einmal am Schreien mehr.

Er war ein vollendeter Pessimist geworden. An seinem künftigen Beruf, seinen großen Vater den Unbefriedigten zu erklären, schien ihm nur noch wenig zu liegen. Sein kleines Züngchen war dick belegt, seine Händchen sahen weiß wie Kuchenteig aus, er schlief jetzt oft ganze Tage lang.

Nur heute abend war er auffallend munter.

Die beiden hellen Lampen auf dem Tische, die vielen Leute, der Skandal, der merkwürdig große Zuckerkringel, den man ihm so unerwartet in die Hand gesteckt hatte: er begriff das alles nicht. Nu bloß noch'n bißchen Streupulver!

Die Damen hatten auf dem Sofa Platz genommen, die kleine Mieze, die sich zu den Mannsleuten rechnete, saß dem kleinen Ole vis-à-vis, der große Thienwiebel präsidierte. Die großartige Gans mitten auf dem Tisch, in deren knusprigen Prachtrücken er eben energisch seine blitzende Bratengabel gestoßen hatte, roch durch das ganze kleine Zimmer. Die beiden Lampen rechts und links brannten durch ihren Dampf wie durch einen Nebel. Frau Wachtel, die sich in ihrer Sofaecke wie auf einem Präsentierteller vorkam, atmete schwer. Sie hatte heute ihr »Seidnes« an.

»Willkommen, all ihr Herrn! Wir wollen frisch daran, wie französische Falkoniere, auf alles losfliegen, was uns vorkommt! Beim Himmel! Den mach ich zum Gespenst, der mich zurückhält! ... Ha! Seid Ihr tugendhaft, schöne Dame?«

»Thienwiebelchen?«

Der kleine Ole, der sich eben über seinen pompösen Flügel hergemacht hatte, blinzelte vor Entzücken. Die kleine Mieze war heute mal wieder ordentlich zum Anknabbern!

»Thienwiebelchen?!«

Das reizende Grübchen in ihrem rosa Fingerchen kam jetzt so recht zur Geltung.

»Thienwiebelchen? Es gibt was!«

Aber der große Thienwiebel, der sich jetzt auch die Serviette unter sein blaues Doppelkinn gestopft hatte, fühlte sich wieder durchaus auf der Höhe der Situation.

»Meint Ihr, ich hätte erbauliche Dinge im Sinn? Ein schöner Gedanke, zwischen den ...«

»Nielchen!!«

Der kleine Ole hat es für die höchste Zeit gehalten.

Er hatte sich jetzt auch seinen prachtvollen Porter eingeschenkt und schwenkte ihn nun fidel gegen die neue Lampe.

»Putthuhn Nro. 25!«

Sein schönes Jubiläum sollte nicht so ohne weiteres zu Wasser werden.

»Putthuhn Nro. 25!«

Die kleine Mieze war jetzt ganz rot vor Vergnügen. Die beiden kleinen, silbernen Ringe in ihren Ohrläppchen blitzten, ihr Stumpfnäschen sah wie aus Marzipan aus.

»Bravo, Dickchen! Es soll leben! Putthuhn Nro. 25!«

Sie hatte ausgelassen mit ihm angestoßen.

Frau Wachtel räusperte sich jetzt. Ihr Seidnes hatte sich eben etwas geklemmt.

»Etwas – etwas Soße gefällig, Frau Thienwiebel?«

Amalie nickte. Ihr Teller schwamm zwar schon, aber: es war ja alles egal. So oder so.

Ihr großer Gatte drüben suchte eben wieder einzulenken.

»Nun, nun, schöne Dame! Denn – e – wenn die Sonne Maden aus einem toten Hund ausbrütet, eine Gottheit, die ... Ha! Wilde Hölle! Wer ist, des Gram so voll Emphase tönt?!«

Es war der kleine Fortinbras. Sein Zuckerkringel war ihm eben über den Korbrand weg auf die Stuhlkante gefallen, dort entzweigeschlagen und lag nun in kleine Stücke zerbröckelt unten auf den schmutzigen Dielen.

»Ha, mördrischer, blutschandrischer, verruchter Däne! Trink diesen Trank aus! Ich will den Wanst ins nächste Zimmer schleppen!«

Aber die besorgte kleine Mieze hatte ihre Gabel schon schnell wieder auf ihren Teller klappen lassen.

»Ach! Nicht doch, Thienwiebelchen! Nicht doch!«

Sie war aufgesprungen und bückte sich jetzt zierlich über den plumpen Korbrand.

»O mein Zuckerpüppchen! Mein Schatz! So ein niedliches kleines Kerlchen! Nicht wahr, du willst auch was haben? Ach, mein Liebchen!!«

Sie hatte sich jetzt den kleinen Fortinbras auf den Schoß gesetzt und küßte ihn nur so.

»Auch was haben, Dickerchen?« Kuß! – »Auch was haben, Dickerchen?« Kuß! Kuß, Kuß, Kuß, Kuß!!

Der kleine Fortinbras juchzte. Er hatte noch nie so etwas erlebt. Er zappelte jetzt, daß es nur so eine Art hatte. Er lachte aus vollem Halse!

»Grrr ... grrr ... grrr ... äh! Grrr ... äh!«

Der große Thienwiebel saß da. Die Weste unten aufgeknöpft, die Augenbrauen tragisch in die Höhe gezogen.

»Wie keck der – e – Bursch ist! ... Wahrhaftig, Horatio! Ich habe seit diesen drei Jahren darauf geachtet. Das Zeitalter wird so spitzfindig, daß der Bauer dem Hofmann auf die Fersen tritt!«

Aber der kleine Ole beachtete ihn kaum. Die kleine Mieze war ihm jetzt weit interessanter. Sie sah jetzt ordentlich wie eine kleine Hausmutter aus.

»Na, Dickerchen?«

Auch Frau Wachtel machte jetzt große Augen. Amalie pappte.

»Ja, mein Junge! Sie essen alle, und mein Dickerchen soll gar nichts haben! Wie? – Aber das läßt er sich nicht gefallen! Wie? – Ach, bitte, Frau Thienwiebel! Reichen Sie mir doch das bißchen Biskuit da von der Kommode her. Auch die Milch, bitte!«

Frau Thienwiebel erhob sich schwerfällig und brachte das Verlangte.

Die kleine Mieze hatte den Biskuit jetzt aufgeweicht und fing nun an, den kleinen Fortinbras damit zu füttern. Von ihrem Teller, auf dem neben den drei gebratenen Äpfeln nur noch ein paar kleine fettriefende Hautstückchen lagen, naschte sie kaum.

Der kleine Fortinbras stöhnte vor Behagen.

»He? Willst du noch mehr, Dickerchen? Noch mehr?«

Der kleine Ole hatte sich jetzt neugierig über den Tischrand gebogen. Sein Schnurrbärtchen duftete nach chinesischer Tusche.

»Nein! Nein! Nu sieh doch bloß, Dickerchen! Wie es dem Balg schmeckt! – Was?! Noch mehr?! – No! No! Nur nicht gleich schreien! – So!«

Frau Wachtel war jetzt ordentlich bis zu Tränen gerührt. Und wenn sie bis zu Tränen gerührt war, vergaß sie es auch nie, von ihrer verstorbenen Pflegetochter zu erzählen. Und das kam ziemlich oft vor.

»Ja, sehn Sie! Sie war ein Engel, Frau Thienwiebel! Ein Engel!«

Frau Thienwiebel kaute.

Frau Wachtel beschrieb jetzt ausführlich die Krankheit des Engels, und wie er dann gestorben war. Er hatte Malchen geheißen und war dabei so himmlisch geduldig gewesen.

»Ja, sehn Sie, Herr Nissen! Sie war mein Einz'ges! Sie tröstete mich noch, als schon der Tod kam. Sie war ein Engel!«

Sie hatte sich jetzt auch auf ihr Taschentuch besonnen und drückte es sich nun abwechselnd in die Augen.

»Ach, wein doch nicht, Mutterchen! Wein doch nicht! Nun komm ich ja zum lieben Gott!«

Sie weinte jetzt, daß ihr die Tränen nur so auf ihr Seidnes kullerten!

Der kleine Ole war bereits eine ganze Zeit lang verlegen auf seinem Stuhl hin und her gerutscht. Er hatte es unten auf das kleine, niedliche Füßchen unterm Tisch abgesehn gehabt und war dabei eben auf die alten, phlegmatischen Filzpantoffeln der reizenden Ophelia gestoßen.

Er war ordentlich rot darüber geworden.

»Ja! Sehn Sie! Sie war mein Einziges!«

Der kleine Fortinbras plantschte vor Wonne.

»Grrr ... grrr ... grrr ...«

Dieses freundliche, frische Gesicht mit den hellen Augen und den blonden Löckchen über ihm – er kam gar nicht mehr raus aus dem Lachen! Sogar sein Streupulver hatte er vergessen!

»Grrr ... grrr ... grrr ... Aeh!«

Seine Händchen hatten jetzt in die Höhe gegrapscht, die kleine Mieze ließ von ihm ihre Stirnlöckchen zausen.

»Nein, Dickchen! Nu sieh doch bloß! Nu sieh doch bloß!«

Der kleine Ole schneuzte sich. Er war wie mit Blut übergossen.

»Ja! Das glaub ich! Das hast du wohl noch nicht so gut gehabt, Dickerchen! Wie?«

Jetzt hatte sich endlich auch Frau Wachtel über ihn gebückt. Ihr Taschentuch lag wieder sauber ausgefältelt auf ihrem Schoß, sie kitzelte ihn wohlwollend unterm Kinn.

»Ach, mein Putteken! Ach, mein Mäuseken! Hab'n se dir so lange hungern lassen!«

Ihre Stimme zitterte, sie sah noch ganz verweint aus.

Amalie tunkte gerade ihre Soße auf.

Der große Thienwiebel aber hatte sich nunmehr rücklings in seinen Stuhl zurückgelehnt und starrte jetzt, die Hände in den Hosentaschen, erhaben oben in die beiden gelben Lichtkleckse, die die Lampen zitternd an die Decke malten.

Denn, was ein armer Mann wie Hamlet ist ... Nichts mehr davon!

Der Rest war Schweigen ...

Endlich war alles wieder abgeräumt. Frau Wachtel, die nicht Skat spielte, hatte sich mit ihrem Seidnen, ihrem Taschentuch und ihrer zweiten Lampe wieder hinten in ihre Küche zurückgerettet, Amalie kauerte wieder auf ihrem Fußbänkchen neben dem Ofen. Sie hatte sich noch nachträglich eine kleine Bratenschmalzstulle geschmiert.

Es war ziemlich kalt im Zimmer. Das Feuer war ausgegangen, und man hatte nichts mehr nachzulegen. Der große Thienwiebel, dessen Schlafrock mit der Zeit aufgehört hatte, skatfähig zu sein, hatte sich statt dessen in die rote Bettdecke eingewickelt.

»Die Luft geht scharf; es ist entsetzlich kalt! Tourner, Horatio!«

»Passez, Nielchen!«

»Dito, Tienchen!«

»Was denn, Schäfchen?«

»Na, wird's bald?«

»Ah so! – Da, Schäfchen!«

»Na, endlich!«

Sie hatte die Zigarette, die ihr der kleine, eifrige Ole gereicht hatte, mit spitzen Fingern angefaßt und zog jetzt ein Gesicht, als ob ihr der Rauch lästig wäre. Sie wußte, daß ihr das ließ! Es hatte auch sofort den Erfolg, daß ihr Dickchen einen Kuß mauste.

»Nein doch! So eine Unverschämtheit!«

Sie hatte ihn unterm Tisch mit dem Knie gestoßen.

»Pique As! Nicht wahr, Wiebelchen?«

»Sehr wohl, schöne Dame! Sehr wohl! Vortrefflich, meiner Treu! Was wäre da zu fürchten? Ich – e – selbst bin – e – hm! – leidlich tugendhaft ...«

Der kleine Fortinbras war jetzt vollständig vergessen. »Voll Speis' und Trank in seiner Sünden Maienblüte« lag er jetzt wieder »sicher beigepackt« hinten in seiner dunklen Korbecke und starrte nun trübselig drüben in den Zigarrenqualm, der in dicken Schichten um die grüne Glocke wogte. Seit seiner Geburt war er nicht übermäßig oft aus seinem Winkel hervorgeholt worden. Das unerwartete Glück heute hatte ihn ganz sehnsüchtig nach dem Lichte dort gemacht. Der Schoß, der Zuckerkringel, die Löckchen ... er hatte wieder zu quäken angefangen.

Amalie rührte sich nicht. Der Bengel wollte bloß immer genommen sein. Sie hatte schon an einmal genug.

»Coeur Trumpf, Nielchen!«

»Ihr sagtet?«

»Ich sagte: Coeur Trumpf, Nielchen! Coeur Trumpf!«

»Ha, blut'ger kupplerischer Bube! Unmöglich, bei diesem verwünschten Geschrei ein Wort zu verstehn! Wenn du nicht gleich still bist, du infames Balg, dann schlag ich dich blitzblau wie eine Heidelbeere!«

»Nicht doch! Das kneift ja, Ole! Au!«

»Ach was, Schäfchen! Laß doch!«

Das Sofa hatte in diesem Augenblick genug mit sich selbst zu tun.

Amalie, die auf ihrer kleinen Fußbank schon wieder halb eingenickt war, blinzelte kaum. Der große Thienwiebel war vor einer zweiten Ohrfeige sicher.

Er hatte sich jetzt in seiner roten Bettdecke ergrimmt vor den Korb gestellt und brüllte nun wütend auf das arme, kleine Bündelchen ein.

»Willst du still sein, du – Lausbub!?«

Aber der »Lausbub« war's nicht. Er wollte auch mal va banque spielen. Er schrie jetzt, als wenn er seine kleinen Lungen auseinandersprengen wollte.

»Aber ... Das ist doch wirklich unerhört! ... Na, warte! Du ... Du – Lindwurm, du! Warte!«

Er prügelte ihn jetzt, daß es nur so klitschte. Als aber auch das nichts half, riß er das Kopfkissen unter ihm vor und preßte es ihm auf das Gesicht.

Der kleine Fortinbras war jetzt auf einen Augenblick vollständig verstummt. Sein Geschrei war wie abgeschnitten.

Aber der große Thienwiebel hatte noch nicht genug.

»Nichtsnutziger Patron!«

Er hatte ihm jetzt das Kissen noch fester aufgedrückt.

Der kleine Ole hatte die kleine Mieze, die noch ganz rot vor Ärger war, wieder losgelassen. Er war jetzt ordentlich ängstlich geworden.

»Um Gottes willen, Nielchen! Er erstickt ja!«

»Ach, Unsinn! So schnell geht das nicht!«

Nein! So schnell ging das auch nicht! Denn als der große Thienwiebel nach einiger Zeit das Kissen fortnahm, schnappte zwar der kleine Fortinbras ein paar Augenblicke verzweifelt nach Luft, fing dann aber sofort wieder von neuem an.

»Ole!«

Empört war die kleine Mieze jetzt aufgesprungen. Das schreckliche Kopfkissen hatte den Kleinen von neuem zugedeckt.

»Ole! Das leidst du?«

»Ach was! Er weiß es ganz gut, der Lümmel! Er soll nicht schreien! Es ist die reine Bosheit! Man bekommt das wirklich satt!«

»Pfui! Ole, komm! Laß den alten – Pavian!«

»Pa ... Pa ... Pa ...«

Der kleine Ole hatte jetzt verlegen nach seiner Uhr gesehn.

»... Pavian?!!!«

Endlich war der große Thienwiebel wieder zu sich gekommen!

»Hinaus, sag ich!! Hinaus!!«

Aber sie waren es bereits. Einen Augenblick lang noch hörte er sie draußen durch die Küche tappen; dann, endlich, war nebenan bei ihnen die Tür zugefallen.

Er stand da! Um seine Schultern die rote Bettdecke, in seiner Rechten das kleine blaugewürfelte Kopfkissen. Drüben, in der Ofenecke, die reizende Ophelia.

»Da! Nymphe!!«

Er hatte ihr das Kissen ins Gesicht geschleudert. –

VI

Seit ihr zweiter, unliebenswürdiger Gatte ihr vor ungefähr fünf Jahren auf der »Dicken Selma« treulos nach Kanada ausgerückt war, hatte die liebe, gute, alte Frau Wachtel keinen solchen Ärger mehr auszustehn gehabt.

Nicht bloß, daß seine Stiefelabsätze noch überall auf dem Sofa deutlich zu sehn waren, nicht bloß, daß das Fensterkreuz von den dämlichen Leiterstücken, die jetzt natürlich zerbrochen unten auf dem Pappdach lagen, total ruiniert war, bewahre: auch die ganze Tapete war von oben bis unten mit Ölfarben bekleckst! Der vermaledeite knirpsige Schmierpeter schien sich die ganze Zeit dran seine schwein'schen Pinsel ausgequetscht zu haben. Pfui Deibel ja!

Aber, das war ihr ganz recht! Warum hatte sie das ganze Pack nicht schon längst an die Luft gesetzt! Wenn's wenigstens noch die verrückten Thienwiebels gewesen wären. Aber die holte ja der Satan nicht! Die hakten fest wie Kletten an ihr!

Die alte, liebe, gute Frau Wachtel war ganz außer sich. Aber sie hatte wirklich Pech mit ihren Mannsleuten. Der kleine Ole hatte sich in der Tat nicht entblödet, ihr mit Hinterlassung einiger alter »Schinken«, deren Darstellungsobjekte es unmöglich zuließen, daß man sie sich übers Sofa hing, auszukneifen.

»Solch eine Tat, die alle Huld der Sittsamkeit entstellt, die Tugend Heuchler schilt, die Rosen wegnimmt von unschuldvoller Liebe schöner Stirn und Beulen hinsetzt ... Ha!«

Aber der große Thienwiebel suchte sich jetzt vergeblich beliebt zu machen. Seine »Schmeichelsalb'« zog nicht mehr. Frau Rosine Wachtel verlangte jetzt energisch ihre Miete.

Heut war der Siebente: wenn ihr bis zum Vierzehnten nicht alles bezahlt war: – raus!!

Ja! ... Sterben – schlafen – nichts weiter! Und zu wissen, daß ein Schlaf das Herzweh und die tausend Stöße endet, die unsres Fleisches Erbteil – 's ist ein Ziel, aufs innigste zu wünschen! ... Ja! dies war ehedem paradox! Paradox! ... Doch nun – bestätigte es die Zeit! Armer Yorick! ...

Der große Thienwiebel fühlte, daß es jetzt zu Ende war mit seiner Kraft. Er wollte nun arbeiten, Freund! Arbeiten! Er wollte seine ganze Kraft aufbieten. Er – er ... er wollte ihn »suchen« gehn! »Laßt mich! Er ist ermordet, Amalie! Er ist ermordet!« ...

Er hatte sich jetzt wieder seinen alten, olivengrünen Leibrock zurechtgeflickt und trieb sich nun ganze Tage lang im Hafenviertel umher. – »Ha! Tot?! Für 'nen Dukaten, tot?!« ... Er hatte wieder eine prachtvolle Ausrede. Ein Bubenstück! Er brauchte jetzt kaum mehr die Nächte nach Hause zu kommen. Er schnurrte sich herum, so gut es ging. Da gab es noch – e: Kollegen! Leute! Leute? Pah, Stümp'rr! Aber – e ... sie – e ... Nun ja! Sie sorgten für die Bewirtung der Schauspieler! Wetter! Es lag darin etwas Übernatürliches! Wenn die Philosophie es nur hätte ausfindig machen können! ...

Aber die Philosophie machte es nicht ausfindig. Der große Thienwiebel kam nie dahinter.

Er hatte sich jetzt nach und nach bis unten in die Hafenspelunken verirrt. Mehrere Sackträger waren bereits seine Duzbrüder geworden. Bevor nicht »der Hahn, der als Trompete dient dem Morgen«, bereits mehrere Male nachdrücklich gekräht hatte, kam er jetzt selten mehr die Treppen in die Höhe gestolpert.

Amalie nähte noch immer die Trikottaillen. Der Stumpfsinn hatte sie nach und nach zur reinen Maschine gemacht. Die reizende Ophelia in ihr war jetzt endgültig begraben. Für alle Zeiten! ... Ihre Brust war noch schwächer geworden ...

Dem kleinen Fortinbras ging es noch jämmerlicher. Sein ganzes Gesichtchen war jetzt dicht mit roten Pusteln betupft. Ein Schächtelchen Zinksalbe, zu dem sich die Familie im Anfang denn doch noch aufgeschwungen hatte, lag jetzt zusammengequetscht, verstaubt hinterm Ofen. Es war nicht mehr erneuert worden.

Der große Thienwiebel hatte nicht so ganz unrecht: Die ganze Wirtschaft bei ihm zu Hause war der Spiegel und die abgekürzte Chronik des Zeitalters.

VII

Zwölf! ...

Erschöpft hatte sie sich wieder auf ihrem Fußbänkchen zurücksinken lassen. Der Ofen hinter ihr war eiskalt. Durch ihre Nachtjacke durch fühlte sie deutlich seine Kacheln. Sie fröstelte!

Die letzten Töne draußen brummten und zitterten noch, das kleine Talglicht, das in eine leere, grüne Bierflasche gesteckt dicht vor ihr auf dem umgekippten Kistchen mitten zwischen dem Nähzeug stand, knitterte in der Kälte.

Frau Wachtel nebenan schnarchte, der kleine Fortinbras hatte sich drüben in seinem Korb wieder unruhig auf die andere Seite gewälzt. Sein Atem ging rasselnd, stoßweis, als ob etwas in ihm zerbrochen war.

Draußen auf das Fensterblech war eben wieder ein Eiszapfen geprasselt. Dicht davor, unterm Bett, jetzt deutlich das scharfe Nagen einer Maus.

Zwölf!

Sie hatte ihr Nähzeug wieder fallen lassen. Ihre Finger waren krumm zusammengezogen, sie konnte sie kaum noch aufkriegen. Um die Nägel herum waren sie blau angelaufen. Sie hauchte jetzt in sie hinein. Ihr Atem brodelte sich staubgrau um das kleine, zitternde Flämmchen. Eine verspätete Fliege, die dicht neben dem schwarzen Docht in den kleinen, runden Talgkessel drunter gefallen war, verkohlte langsam. Ab und zu knisterte es ... ...
... ...

»Halt ihn! Halt ihn! Hilfe!! Hilfe!!«

Erschreckt war sie zusammengefahren.

Sie sah jetzt auf. Ihr schlaffes, weißes Gesicht war noch stupider geworden.

»Hierher! Hierher! Hilfe!!«

Der gelbe Lichtklecks vor ihr ließ jetzt das Zimmer dahinter noch dunkler erscheinen. Nur vom Fenster her durch das eckige Loch in der Bettdecke, von draußen, das matte Schneelicht.

»Hilfe! Hilfe!!«

Sie war aufgesprungen und ans Fenster gestürzt. Das kleine Talglicht hinter ihr war erloschen. Es war umgekippt und lag jetzt unter dem Nähzeug.

»Wächter!! Wächter!! Halt ihn!! Jonas! Jonas!!«

An allen Gliedern bebend hatte sie jetzt die alte Bettdecke in die Höhe gerafft und suchte nun durch die wirbelnden Schneeflocken draußen unten auf die Straße zu sehn. Ihre Zähne klapperten vor Frost, die Schere, die sie noch fest in der Hand hielt, klirrte im Takt gegen die Scheibe.

Ein paar Dachgiebel hoben sich blaugrau drüben aus der Dunkelheit ab. Irgendwo in einem Fenster flimmerte noch ein Licht.

»Hurra! Papa Svendsen! Moi'n, oller Junge! Prost Neujahr!!«

Sie atmete auf. Es hatte laut gelacht. Jetzt: eine barsche Stimme, ein Stock, der schnell noch eine Jalousie herunterrasselte, die ganze Gesellschaft war wieder um die Ecke.

Eine kleine Weile noch horchte sie.

Ab und zu von den Dächern, polternd, der Schnee, in der Ferne, leise, ein Schlittenglöckchen.

Sie hatte die Decke wieder fallen lassen. –

Einen Augenblick lang stand sie da! Das ganze Zimmer war jetzt schwarz. Nur hinter ihr, matt durch die Decke, das Schneelicht.

Sie tappte sich auf den Tisch zu.

Gegen die Kante stieß sie. Ein Fläschchen war umgeklirrt, es roch nach Spiritus. Das Zündholzschächtelchen hatte jetzt geraschelt, es flackerte auf! Sie leuchtete über den Tisch hin. Der schmale Goldrand um die kleine Photographie glitzerte. Die Nachtlampe stand auf dem alten, aufgeklappten Buch mitten zwischen dem Geschirr.

Jetzt ein leises Sprühn und Knistern, der Docht hatte gefangen. Über ihr, groß an der Decke, ihr Schatten.

Frau Wachtel nebenan schnarchte, der kleine Fortinbras stöhnte.

Sie hatte sich jetzt auf den Bettrand gesetzt. Die beiden Zipfel des Kopfkissens, das sie um ihre Schultern gepackt hatte, drückte sie vorn mit ihrem Kinn fest gegen ihre Brust zusammen. Ihre Arme hatten sich gegen ihren Leib gekrampft, ihre hochgezogenen Knie waren eng aneinandergepreßt. Sie zitterte über den ganzen Körper! Ihr Gesicht hatte sich verzerrt, stumpf stierte sie vor sich hin. Die Schere, die ihr vorhin vom Tisch runtergekippt war, lag unten vor ihr auf den grauen Dielen. Sie flinkerte.

Das Lämpchen auf dem Tisch hatte jetzt leise zu zittern angefangen, die hellen, langgezogenen Kringel, die sein Wasser oben quer über die Decke und ein Stück Tapete weg gelegt hatte, schaukelten. Das Geschirr um das Glas hob sich schwarz aus ihnen ab. Die Kaffeekanne reichte bis über die Decke.

»Brrr ... Ae!«

Ihre Pantoffeln waren jetzt unter den Tisch geflogen, sie hatte sich hastig unter das Deckbett gekuschelt.

Die weißen Lichtringe fluteten und fluteten, das Öl auf dem Tisch knatterte leise, ein kleines Fünkchen war eben von seinem Docht abgespritzt und schwamm nun schwarz in der dicken, goldgelben Masse.

Unter dem Deckbett drüben lag es jetzt wie ein Klumpen. An einer Stelle sah noch ihr Unterrock vor ...

»Still, Hund! ... Ae!!«

Er hatte sich jetzt seinen alten Zylinder, auf dem noch der dicke Schnee lag, vom Kopf gerissen und feuerte ihn nun wütend drüben in die dunkle, schreiende Ecke, wo der Korb stand. Die Tür hinter ihm war dröhnend ins Schloß gekracht.

»Niels!!«

Das Deckbett, das jetzt quer auf den Dielen lag, hatte zur Hälfte den Stuhl mitgerissen. Sie kniete aufrecht mitten im Bett. Ihre Nachtjacke vorn hatte sich ihr bis oben unter die Arme verschoben, ihr Haar hing in Strähnen um ihr Gesicht.

»Halt's Maul! Fang nicht auch noch an!«

Er hatte sich jetzt auch seinen alten, abgeschabten Rock runtergezerrt. Das kleine Spiegelchen über der Kommode, gegen das er ihn geschleudert hatte, war runtergeschurrt und lag nun zersplittert auf dem bunkernden Wachstuch.

»Na, wird's bald?!«

Der kleine Fortinbras jappte nur noch.

»Na?! ... Dein Glück, Kanaille! ...«

Seine Stiefeln waren jetzt dumpf gegen die kleine Kiste neben dem Ofen gebullert. Der aufgeschlammte Schnee dran war naß gegen die Kacheln geplatscht. Er suchte jetzt nach den Pantoffeln.

»Ach was! Halt dein Maul, sag ich! ... Die Ohren vollplärren ... Könnte mir noch grade passen! ... Sind die Sachen gepackt?!«

Das Schnarchen nebenan hatte aufgehört. Es schubberte jetzt deutlich gegen die Tür.

»Ob du gepackt hast?!«

»Nein, Niels ... ich ...«

Sie stotterte!

»Natürlich! Man hat ja mal wieder zur Abwechslung die Schwindsucht! ... Bitte, genieren Sie sich nicht, Frau Wachtel! Treten Sie näher! Heute geht's ja woll noch!«

Sein Schatten, der bis dahin kreuz und quer über die weiße Decke geschossen war, war jetzt verschwunden. Er hatte sich unter den Tisch gebückt.

Vom Bett her hatte es eben laut zu husten angefangen.

»Ach, du mein lieber Gott! ... Ach Gott! Ach Gott! Die arme Frau!«

Sie hatte jetzt ihr Gesicht in das Kissen gepreßt und weinte.

»Nu ja! Nu ja! Nu heul doch noch'n bißchen! Das ist ja deine Force! Weiter kannste ja woll nischt!«

Er war eben in die Pantoffeln gefahren und suchte nun auf dem Tisch herum. Ein Messer klapperte gegen die Kochmaschine, eine Tasse war umgekippt.

»Natürlich! Keen Fippschen mehr! Für deine Schwindsucht hast du ja noch'n janz juten Appetit! ... Herrlich! Das tut immer, als ob es Poten saugt, und frißt ein'm die Haare vom Kopp runter!«

Er hatte sich seine Fäuste in die Hosentaschen gestopft und schnaubte nun im Zimmer auf und ab.

»So'ne Zucht! So eine – Zucht!!«

Er hatte mit dem Fuß in die kleine, hohle Kiste mit dem Nähzeug gestoßen. Die Flasche war auf den Boden geschlagen, das Licht bis unters Bett gekullert.

»Lächerlich!«

Er hatte jetzt auch noch die Flasche druntergestoßen.

»Lächerlich!! ... Wirst du still sein?!!«

Der kleine Fortinbras hatte wieder laut zu schreien angefangen.

»Bestie!«

Mit einem Satz war er auf den Korb zu.

»Bestie!!«

Das Geschrei war wieder wie abgeschnitten.

»Alberne Komödie!«

Er hatte sich jetzt wieder nach dem Bett zu gedreht. Seine Fäuste waren geballt. Unter den Kissen hervor hatte es deutlich geschluchzt.

»Alte Heulsuse!«

Die beiden dicken Falten um seine Nase waren jetzt noch tiefer geworden, zwischen seinen verzerrten Lippen blitzten seine breiten Zähne auf.

»Ae!!«

Über seinen Rücken war ein Frösteln gelaufen.

»So'ne Kälte!«

Er rückte sich jetzt geräuschvoll den Stuhl zurecht.

»So'ne Kälte!! Nich mal'n paar lump'je Kohlen hat das! So'ne Wirtschaft!«

Seine Socken hatte er jetzt runtergestreift, der eine war mitten auf den Tisch unter das Geschirr geflogen.

»Na?! Wülste so gut sein?!«

Sie drückte sich noch weiter gegen die Wand.

»Na! Endlich!«

Er war jetzt zu ihr unter die Decke gekrochen, die Unterhosen hatte er anbehalten.

»Nicht mal Platz genug zum Schlafen hat man!«

Er reckte und dehnte sich.

»So'n Hundeleben! Nicht mal schlafen kann man!«

Er hatte sich wieder auf die andre Seite gewälzt. Die Decke von ihrer Schulter hatte er mit sich gedreht, sie lag jetzt fast bloß da ... ...
... ...

Das Nachtlämpchen auf dem Tisch hatte jetzt zu zittern aufgehört.

Die beschlagene, blaue Karaffe davor war von unzähligen Lichtpünktchen wie übersät. Eine Seite aus dem Buch hatte sich schräg gegen das Glas aufgeblättert. Mitten auf dem vergilbten Papier hob sich deutlich die fette Schrift ab: »Ein Sommernachtstraum«. Hinten auf der Wand, übers Sofa weg, warf die kleine, glitzernde Photographie ihren schwarzen, rechteckigen Schatten.

Der kleine Fortinbras röchelte, nebenan hatte es wieder zu schnarchen angefangen.

»So'n Leben! So'n Leben!«

Er hatte sich wieder zu ihr gedreht. Seine Stimme klang jetzt weich, weinerlich.

»Du sagst ja gar nichts!«

Sie schluchzte nur wieder.

»Ach Gott, ja! So'n ... Ae!!...«

Er hatte sich jetzt noch mehr auf die Kante zu gerückt.

»Is ja noch Platz da! Was druckste dich denn so an die Wand! Hast du ja gar nicht nötig!«

Sie schüttelte sich. Ein fader Schnapsgeruch hatte sich allmählich über das ganze Bett hin verbreitet.

»So ein Leben! Man hat's wirklich weit gebracht! ... Nu sich noch von so'ner alten Hexe rausschmeißen lassen! Reizend!! Na, was macht man nu? Liegt man morgen auf der Straße!... Nu sag doch?«

Sie hatte sich jetzt noch fester gegen die Wand gedrückt. Ihr Schluchzen hatte aufgehört, sie drehte ihm den Rücken zu.

»Ich weiß ja! Du bist ja am Ende auch nicht schuld dran! Nu sag doch!«

Er war jetzt wieder auf sie zugerückt.

»Nu sag doch! ... Man kann doch nicht so – verhungern?!«

Er lag jetzt dicht hinter ihr.

»Ich kann ja auch nicht dafür! ... Ich bin ja gar nicht so! Is auch wahr! Man wird ganz zum Vieh bei solchem Leben!... Du schläfst doch nicht schon?«

Sie hustete.

»Ach Gott, ja! Und nu bist du auch noch so krank! Und das Kind! Dies viele Nähen ... Aber du schonst dich ja auch gar nicht... ich sag's ja!«

Sie hatte wieder zu schluchzen angefangen.

»Du – hättest – doch lieber, – Niels...«

» Ja ... ja! Ich seh's ja jetzt ein! Ich hätt's annehmen sollen! Ich hau' ja später immer noch... ich seh's ja ein! Es war unüberlegt! Ich hätte zugreifen sollen! Aber – nu sag doch!!«

»Hast du ihn – denn nicht... denn nicht – wenigstens zu – Haus getroffen?«

»Ach Gott, ja, aber... aber, du weißt ja! Er hat ja auch nichts! Was macht man nu bloß? Man kann sich doch nicht das Leben neh- men?!«

Er hatte jetzt ebenfalls zu weinen angefangen.

»Ach Gott! Ach Gott!!«

Sein Gesicht lag jetzt mitten auf ihrer Brust. Sie zuckte!

»Ach Gott! Ach Gott!!«

Der dunkle Rand des Glases oben quer über der Decke hatte wieder unruhig zu zittern begonnen, die Schatten, die das Geschirr warf, schwankten, dazwischen glitzerten die Wasserstreifen ... ...

»Ach, nich doch, Niels! Nich doch! Das Kind – ist ja schon wieder auf! Das – Kind schreit ja! Das – Kind, Niels!.'.. Geh doch mal hin! Um Gottes willen!!« Ihre Ellbogen hinten hatte sie jetzt fest in die Kissen gestemmt, ihre Nachtjacke vorn stand weit auf.

Durch das dumpfe Gegurgel drüben war es jetzt wie ein dünnes, heisres Gebell gebrochen. Aus den Lappen her wühlte es, der ganze Korb war in ein Knacken geraten.

»Sieh doch mal nach!!«

»Natürlich! Das hat auch grade noch gefehlt! Wenn das Balg doch der Deuwel holte!...«

Er war jetzt wieder in die Pantoffeln gefahren.

»Nicht mal die Nacht mehr hat man Ruhe! Nicht mal die Nacht mehr!!«

Das Geschirr auf dem Tisch hatte wieder zu klirren begonnen, die Schatten oben über die Wand hin schaukelten. –

»Na? Du!! Was gibt's denn nu schon wieder? Na? ... Wo ist er denn?... Ae, Schweinerei!«

Er hatte den Lutschpfropfen gefunden und wischte ihn sich nun an den Unterhosen ab.

»So'ne Kälte! Na? Wird's nu bald? Na? Nimm's doch, Kamel! Nimm's doch! Na?!«

Der kleine Fortinbras jappte!

Sein Köpfchen hatte sich ihm hinten ins Genick gekrampft, er bohrte es jetzt verzweifelt nach allen Seiten.

»Na? Willst du nu, oder nich?! – Bestie!!«

»Aber – Niels! Um Gottes willen! Er hat ja wieder den – Anfall!«

»Ach was! Anfall! – Da! Friß!!«

»Herrgott, Niels...«

»Friß!!!«

»Niels!«

»Na? Bist du – nu still? Na? – Bist du – nu still? Na?! Na?!«

»Ach Gott! Ach Gott, Niels, was, was – machst du denn bloß?! Er, er – schreit ja gar nicht mehr! Er... Niels!!«

Sie war unwillkürlich zurückgeprallt. Seine ganze Gestalt war vornüber geduckt, seine knackenden Finger hatten sich krumm in den Korbrand gekrallt. Er stierte sie an. Sein Gesicht war aschfahl.

»Die... L–ampe! Die... L–ampe! Die... L–ampe!«

»Niels!!!«

Sie war rücklings vor ihm gegen die Wand getaumelt.

»Still! Still!! K– lopft da nicht wer?«

Ihre beiden Hände hinten hatten sich platt über die Tapete gespreizt, ihre Knie schlotterten.

»K – lopft da nicht wer?«

Er hatte sich jetzt noch tiefer geduckt. Sein Schatten über ihm pendelte, seine Augen sahen jetzt plötzlich weiß aus.

Eine Diele knackte, das Öl knisterte, draußen auf die Dachrinne tropfte das Tauwetter.

Tipp .... TIPP ....
Tipp .... Tipp ....

Acht Tage später balancierte der kleine, buckelige Bäckerjunge Tille Topperholt seinen Semmelkorb pfeifend durch das dunkle, dichtverschneite Severingäßchen nach dem Hafen runter. Die Witterung hatte wieder umgeschlagen, seine kleine Stupsnase sah zum Erbarmen blau aus.

»Heil dir, Svea! Mutter für uns alle!«

Es hatte gerade fünf geschlagen. Vor dem neuen, großen Schnapsladen an der Ecke der Petrikirche stolperte er. Jesus! Seine Semmeln waren ihm in den Rinnstein geflogen, er war mitten in den Schnee geschlagen. Aber er nahm sich nicht einmal die Zeit, sie wieder aufzulesen. Er kam erst wieder zur Besinnung, als er sich bereits drüben am Jakobiplatz mit beiden Händen an die große, dick beeiste Glocke gehängt hatte, die denn auch sofort oben die ganze Polizeiwache alarmierte. Jesus! Jesus!!

Als der dicke Sieversen dann endlich angestapft kam, konstatierte er, daß der Mann erfroren war. »Erfroren durch Suff!« Seinen zerbeulten Zylinder hatte ihm der kleine, buckelige Tille vorhin grade gegen die Laterne gequetscht. Aus seinen zerlumpten, apfelgrünen Frackschößen sah noch die Flasche.

Wohlan, eine pathetische Rede!

Es war der große Thienwiebel.

Und seine Seele? Seine Seele, die ein unsterblich Ding war?

Lirum, Larum! Das Leben ist brutal, Amalie! Verlaß dich drauf! Aber – es war ja alles egal! So oder so!

Ein Tod

Endlich, nachdem jetzt der alte Svendsen unten seine eintönige Patrouille eingestellt hatte, konnte sich auch Olaf nicht mehr länger aufrechterhalten.

Die lange Nachtwache, der scharfe Karboldunst, der das ganze enge, schwüle Zimmer füllte, das feine Ticken der Taschenuhr drüben vom Sofatische her, das leise, unermüdliche Brühen und Blaffen, mit dem sich das Öl in der kleinen, tiefheruntergeschraubten Lampe verzehrte, sein eigenes Blut, das ihm in den Ohren summte und zwischendurch wie fernes, dünnes Glockengeläute klang: das alles betäubte ihn!

Er hatte sich jetzt in den alten, großen, kattunenen Lehnstuhl dicht neben dem Bett noch tiefer zurücksinken lassen.

Die glitzernde Flüssigkeit in dem halbvollen Glase neben ihm, die er vergeblich zu fixieren suchte, war jetzt in einen orangefarbenen Lichtklecks verschwommen, der allmählich ins Bläuliche überging. Schließlich war's nur noch ein braunroter Funke, der übrigblieb, zuletzt war auch der verloschen. Alles schien jetzt schwarz! Das Glas, das Bett, die Lampe, das ganze Zimmer...

Sein Kinn war ihm auf die Brust gefallen, er war eingeschlafen.

... Gott sei Dank! Er war wieder wach geworden. Es mußte eine Maus gewesen sein!

Er sah nach der Uhr.

Drei!

Der Kranke lag noch immer da wie tot.

Er hatte sich jetzt über ihn gebeugt.

Das trübe, grellrote Lampenlicht zeichnete die Augenhöhle neben der spitz vorspringenden Nase wie ein tiefes, scharf umrändertes Loch in den Schädel.

»Armer Kerl!«

Das große, feuchte Handtuch über seiner Stirn war jetzt wieder behutsam zurechtgerückt, er war jetzt abermals in seinen Lehnstuhl zurückgefallen.

»Armer Kerl!«

Und nun wieder nur das leise, unermüdliche Brühen der Lampe, das Ticken der Uhr und Jens, der sich auf dem alten, wackligen Sofa drüben im Schlaf auf die andere Seite gedreht hatte ...

Olaf seufzte.

Der schmutzige, gelbe Lichtfleck oben an der alten, rissigen Decke zitterte und zitterte, die Uhr tickte, das Blut summte, er war abermals eingeschlafen.

»O...Oolaf!!«

Unten, irgendwo auf dem totenstillen Hofe hatten eben ohrenzerreißend ein paar Katzen aufgekreischt; jetzt war auch Jens in die Höhe gefahren.

»Um Gottes willen! Was...«

»Halt's Maul!... Diese verfluchten Biester!«

Er war jetzt wieder total munter.

Jens gähnte.

»Ha ... hach! Ich ... ich glaub, ich – hab 'n bißchen geschlafen!«

Er hatte den Kneifer, der ihm auf das Sofa gerutscht war, aufgeknipst und drückte ihn jetzt wieder auf seine Stumpfnase.

»Hm!«

»Geht's besser?«

»Nein! Er schläft immer noch!«

»Hm!«

Eine Weile war alles wieder still. Sogar die Katzen draußen hatten sich auf einen Augenblick beruhigt.

Jetzt sah auch Jens nach seiner Uhr. Sie war stehngeblieben.

»Drei! Nicht wahr?«

»Ja! Erst!!«

»Schön!... Ist noch Bier da?«

»Ja! Ich glaube.«

Jens ging nachsehn. Seine dicken Filzsocken machten seine Schritte unhörbar. Vor dem Bette blieb er einen Augenblick stehn.

»Du! Vielleicht wird's doch besser!«

Olaf zuckte nur die Achseln.

Eins... zwei... drei... fünf Stück noch.

»Dir auch eine?«

»Nein! Danke!«

»Aah! das tut wohl! – Übrigens ... scheußlicher Muff hier!«

»Ja! Zum Zerschneiden!«

»Schauderhaft! Schauderhaft!«

Er hatte sich jetzt, beide Hände in den Hosentaschen, dicht vor das Fenster gestellt.

»Dieses verdammte Viehzeug!«

Olaf, der schon eine ganze Zeit auf dem kleinen, rotgebeizten Bücherregal über der Kommode gekramt hatte, sah auf.

»Ja! Weiß Gott! Schon die ganze Nacht!«

Jens sah jetzt auf den Hof hinaus. Er hatte die Gardinen beiseite genommen.

Drüben auf die dunkle Wand des Hinterhauses hatten die beiden Fenster ihre zwei trüben Lichtvierecke gelegt, oben auf einem Schornstein zeichneten sich die schwarzen Schattenrisse zweier Katzen deutlich gegen den blauen Nachthimmel ab. Zwei, drei Sternchen flinkerten müde über den mit einem leisen, grauen Lichte überzogenen Dächern.

»Tegnér? Hm! Na! Ist ja schließlich egal!«

Plötzlich hatten sich beide wieder unruhig umgedreht.

Ein scharfes Knacken war deutlich durch das totenstille Zimmer gegangen.

»Nein!... Nein!... Es war wieder nur der dämliche Schrank!«

»Ich dachte schon ... hm! Wenn's nur nicht wiederkommt!«

Jens hatte unwillkürlich tief aufgeatmet.

Seiner ganzen Länge nach hatte er sich jetzt wieder über das Sofa geworfen.

Olaf hatte sich den Tegnér dicht unter die kleine, altmodische Lampe gerückt, um deren Glocke ein großer, gelber Zeitungsbogen gesteckt war, dessen Zipfel bis auf den Tisch herunterreichte.

Die Blätter knitterten unter seinen Händen. Den Ellbogen aufgestützt, las er jetzt halblaut vor sich hin. »Wie schön die Sonne lacht! Wie freundlich

Von Zweig zu Zweigen ...«

Wieder knitterten die Blätter. Die Furche zwischen seinen dichten, buschigen Augenbrauen hatte sich noch tiefer gegraben.

Jens, der jetzt auf dem Bauch liegend über das Seitenkissen des Sofas weg zwischen den Arabesken der Gardinen hindurch den kleinen, grünen Stern drüben über dem Schornstein beobachtete, langweilte sich scheußlich.

»Willst du nicht lieber 'n bißchen schlafen?«

»Nein!«

»Aber Kind!... Warum nicht? Ich löse dich ab!«

»Laß nur!... Kann nicht schlafen!«

»Ae! Eigentlich! Ich auch nicht mehr!«

Ein langes Schweigen war eingetreten. Stumpf und müde starrten die beiden vor sich hin.

»Du!«

»Ja?«

»Nichts!«

»Was denn?«

»Still! Hörst du nichts?!«

Unten im Flur krackelte jetzt etwas an der Haustür herum.

»Aha!«

Schläfrig blinzelte jetzt Jens wieder nach seinem Stern hinüber.

»Hm!«

Olaf blätterte wieder weiter.

Unten hatte es unterdessen das Schlüsselloch gefunden und drehte nun mühsam auf. Es torkelte herein.

»Du! Hör mal den!«

»Na? Ei, du Donnerwetter!«

Schwer kam es jetzt die Treppe in die Höhe gestapft. Am Geländer hielt es sich. Manchmal polterte es wieder ein paar Stufen zurück. Es schnaufte und prustete. Eine tiefe, heisere Baßstimme brummte. Jetzt, endlich kam es schwerfällig über den Flur. Ein dicker Körper war dumpf gegen eine Tür geschlagen. Ein abgebrochener Fluch, dann half es sich wieder weiter.

»Heiliger Bimbam!«

Jens lachte leise.

Jetzt hatte es sich sogar gegen die Wand gestemmt und schurrte sich daran entlang. Ein paar Kalkstücken waren abgebröckelt und prasselten unten auf die Dielen.

»Was?! Famose Kröte!«

»Still mal!!«

Es kam ... Ja!... es kam sogar... auf die Tür zu?

Jetzt... Schwer war es dagegen gekracht! Der dumpfe Schlag war durch das ganze Zimmer gegangen.

»Herrgott! Was ist denn das für ein Knote?!!«

Olaf war steil in die Höhe gefahren.

Auch Jens war die Sache etwas bunt geworden ...

Sie standen jetzt beide mitten im Zimmer, die Augen aufmerksam auf die Tür gerichtet.

Es tastete nach der Klinke.

»Das heißt...«

Schnell, auf den Zehen, war jetzt Olaf auf die Tür zugegangen.

Aber in demselben Augenblicke war sie auch bereits aufgeprallt und ein unförmiger, schwarzer Klumpen über die Schwelle weg prustend ins Zimmer gekugelt.

Der kühle Luftzug hatte die kleine Lampe neben dem Bett hoch aufflackern lassen.

Jens war sofort zugesprungen.

Mit Olafs Hilfe gelang es ihm endlich, den Betrunkenen aufzurichten.

In dem matten Schein der Lampe jetzt ein blaurotes, gedunsenes Gesicht, das mit seinen kleinen, verschwommenen Augen blöde im Zimmer umherglotzte. Unter dem eingedrückten Hut vor dünne, flachsblonde Haare in die rote, fette, schweißtriefende Stirn.

»Mein Herr! Bitte!«

Ein Schlucken und Schnieben war die einzige Antwort.

»Sie sind fehlgegangen!«

»Wa ... hbf... wa ... waas? Hbf! . ..«

»Sie sind fehlgegangen!«

»Ah! ... En ... en ... hbf! ... schul ... jen ... i ... hbf! ... ich ...«

»Bitte!«

»Hb! Hbf!...«

Hinterrücks war jetzt der Dicke mit seiner Verbeugung auf den Flur zurückgetaumelt. Olaf drückte die Tür fest an und drehte den Schlüssel um ...

»Nette Wirtschaft hier!«

Endlich hatten sie sich wieder beruhigt.

Olaf blätterte wieder zerstreut in seinem Tegnér herum, Jens hatte sich auf das Sofa zurückgeworfen und blinzelte wieder schläfrig vor sich hin durch die Gardine.

Am Kopfende des Bettes, in irgendeinem Winkel, summte verschlafen ein durch das Licht aufgestörter Brummer.

Die Taschenuhr tickte, vom Schrank her ein paar Holzwürmchen. Jetzt, oben in der dritten Etage, klappte endlich auch die Tür zu.

Durch die dünne Decke durch hörte man deutlich, wie es plump auf ein Bett fiel...

Das matte, fahle Licht oben auf den Dächern war jetzt ein wenig heller geworden ...

Olaf schüttelte sich. Ihn fröstelte. Den Lampendocht schraubte er etwas höher. Das scharfe, todblasse Gesicht des Kranken, in dessen feuchte Stirn unter dem Handtuch vor wirr die schwarzen, nassen Haare quollen, zeichnete sich jetzt noch schärfer.

»Ach Gott, ja!«

Müde hatte Olaf den Kopf auf seine beiden Arme gelegt, die er gegen die Tischkante gestützt hatte.

Plötzlich waren die beide erschrocken zusammengefahren!

Das Bett hatte diesmal ganz deutlich geknarrt.

Ein unruhiges Rauschen. Ein Stöhnen. Bleischwer hatte es auf das bauschige Deckbett geklappt.

Atemlos starrten die beiden hin ...

»Ah!...aaah!!...«

Schnell hatte sich jetzt Olaf über den Kranken gebeugt.

»Jens! Jens!«

»Hier!«

Der Kranke war jetzt noch unruhiger geworden. Sein Kopf drehte sich nach allen Seiten. Seine tiefliegenden dunklen Augen waren weit aufgerissen. Seine Nägel kratzten scharf über den Bettbezug. Seine blassen, bläulichen Lippen bewegten sich.

»Du! Komm her!«

»Ja!«

Aber wieder lag er jetzt regungslos. Nur seine langen, abgemagerten Hände, die unruhig an dem Deckbett zupften. Ein paar Sekunden lang war alles still ...

Jetzt, kaum hörbar:

»Wasser...«

»Schnell! Schnell!«

»Da!«

Olaf hatte sich mit dem Glase wieder über das Bett gebeugt. Vorsichtig, leise schob er dem Kranken seinen langen, sehnigen Arm unter den Kopf. Behutsam rückte er ihn ein wenig in die Höhe und drückte ihm das Glas an den Mund ...

Gierig hatte der Kranke getrunken! Seine irren Blicke waren jetzt starr auf den schmutziggelben, bebenden Kreis oben über den weißgestrichenen, niedrigen Querbalken der Decke gerichtet...

Das leise, zitternde Klappen des leeren Glases, das Jens auf den Tisch zurückstellte, und die Taschenuhr drüben.

»H ... h ... Los! Los denn doch!!«

»Du! Du!«

»Ja!«

»Auf die Mensur! Fertig! Los!!!... Ah!... Hier! Hier! In die Seite! ... Ah! Aaah!... Es schmerzt! Es schmerzt, Olaf! Olaf!... Hu! Das Blut! Das Blut! ... Das ganze Gras... aaah! ... Das ganze – Gras... Das ganze Gras...«

Jens schüttelte sich. Es überlief ihn.

Olaf hatte sich jetzt noch tiefer über das Bett gebückt.

»Martin! Martin! Alter Junge!«

Seine Stimme zitterte etwas.

»Jens! 'n frisches Tuch!« ...

»Hier!«

»Ah ... das Gras ist... feucht! ... kühl... so kühl ... Wir müssen fort, Olaf... Die Droschke ... unten ... Ruhig, Kind! Ruhig! Der Kerl soll dran glauben!! – Wart mal! Wart mal! Der Briefträger? Flinsberg, alter Junge! Keinen Schilling mehr, auf's Wort!... Geld! Geld! Mutterchen hat doch geschickt... Mutterchen!... Aber es wird ihr schwer, Olaf!... Sie sagen's nur nicht ... sagen's nur nicht! Hier, Herr Doktor!... Bitte!... Wunderschön! ... das Getreide ... Die Vögel... Ach, Herr Doktor! ... Laßt doch! ... ihr braucht mich doch nicht zu halten ... ich kann ja allein ... nicht doch! ... Laßt doch!!«

Er wand sich. Olaf hatte jetzt beide Arme um ihn geschlungen.

»Nein! Nicht doch! Laß doch, Jens!... Mach keinen Unsinn! Gib meine Mappe her! ... Ich muß ins Colleg!... Sauf s! Sauf's!... Rest weg!... Donnerwetter! So 'ne wüste Zecherei! ... Aber ... aber ... nicht, nicht doch! ... Laß doch – los!! ... Ach – laß doch nur! Laß!!... Silentium! Wir wollen eins singen!«

Mit seinen abgemagerten Armen schlug er jetzt wild in der Luft herum. Seine langen, schmalen Hände schlenkerten in den dürren Gelenken.

Olaf stöhnte.

»Wir singen eins! ... Das erste Lied! ... Seite ... Nein doch! ... Laß! ... Laß!! ... Laß doch – loos!!!«

»Jens! ... Faß ... mit – zu!«

»Los! Los!! –Loos!!!... Laßt mich doch! Laßt mich doch!!... Aah! Aaahh!!«

»Fest! – Fest!! ... Er – will – raus!!!«

Ein Brett, das sich unten aus der alten Bettlade gelöst hatte, war jetzt auf die Dielen gekracht. Sie wurden hin und her geschleudert...

Endlich hatten sie Martin in das zerwühlte Bett wieder niedergezwängt. Er lag jetzt erschöpft da. Er schwatzte nur noch halblaut vor sich hin. Das runtergezerrte Deckbett hatte Jens wieder sorgsam über ihm zurechtgerückt. Beide atmeten schwer ...

Draußen in der Nachbarschaft krähte jetzt ein Hahn.

»Ah! Es schmerzt! Es schmerzt ja so!! Aah!! Aaaah!!! ...Olaf! Olaf!!«

»Ja? Mein Junge? ... Ich bin's ja! Und Jens! ... Wird dir besser?«

Er hatte sich wieder zu ihm niedergebeugt. Seine Brust keuchte noch. Er konnte kaum sprechen.

»Ja – Ja... Die Sonne scheint so wunderschön ... Draußen ... Heut abend bei Bergenhuus... am Strand ... Nicht wahr, Nora? ... Ach, schon Morgen ... Bloß ein Frosch! ... Nicht doch ... bloß ein Frosch ... Hier! Hier!... Das Gras ist so schön ... Oh, nicht wahr? Wir werden uns nie vergessen? ... Nie ... nie ... Oh, nicht wahr? ... Noch ein Kuß?... Hm? ... Gute Nacht... Der Mond ... so schön ... dort... über der See ... so rot... so groß ... so groooß ...«

Er lag jetzt da, mit halbgeschlossenen Augen. Er lächelte.

»Er wird ruhig!«

»Ja...«

Olaf hatte sich jetzt wieder aufgerichtet. Einen Augenblick hatte er seinen Arm gerieben. Jens wischte sich mit dem Handrücken über die Stirn.

»So kühl... so schön ... so ...«

Olaf hatte Martin wieder das feuchte Handtuch festgerückt. Jens war zur Lampe getreten.

»Vier ... vier erst... h! ...«

Er stand jetzt wieder am Fenster.

»Wenn's doch erst Tag wär'!!«

Der fahle Lichtschein draußen auf den Dächern war jetzt heller geworden. Das erste Morgendämmern legte ein mattgoldiges Gelb auf die moosigen, schwarz-roten Dachziegel und auf den viereckigen Schornstein drüben. Der enge Hof unten lag in einem silbergrauen Dämmerlicht. Langsam schlich sich der anbrechende Morgen an der Fensternische entlang in das dumpfige Zimmer. Das Glanzleder des Sofas hatte leise zu schimmern angefangen, der unruhige Lichtfleck oben an der Decke wurde immer blasser. Der Docht der Lampe, von welcher Olaf den Zeitungsbogen genommen hatte, war nur noch ein rötlich kohlender, stinkender Ring.

Draußen krähte wieder der Hahn. Ein leiser Windstoß strich am Fenster vorbei. In der Nachbarschaft kräuselte sich aus einem Schornstein ein feiner, weißer Rauch in das mattblaue, eckige Stück Himmel über den Hinterhäusern.

»Wann können sie denn da sein?«

»In zwei Stunden, denk ich!«

Jens hatte sich wieder umgedreht.

»Du! Komm!–Schnell!«

»Nein! Nein! ... Die Bummelei hat keinen Zweck! Wir wollen jetzt arbeiten! Arbeiten!!«

»Du!«

»Herrgott! Herrgott!«

Leise schwatzte er jetzt wieder vor sich hin.

Plötzlich hatte er sich blitzschnell, mit einem jähen Ruck, steil aufgerichtet.

»Jens!... Schnell! ... Schnell! ... Nie-der! Nie-der! Der Ver-band!«

»Wir wollen eins singen!! ... Wir wollen eins singen!!«

Martin sang ...

Seine Stimme gellte heiser durch das Zimmer.

»Fest! Halt – fest!!«

»Fttt!! Das war ein inkommentmäßiger Hieb! ... Bitte den Herrn Unparteiischen zu konstatieren ... h!! ...h!! Hierher ... Aaaahh!! ...«

Martin war sich mit beiden Händen nach seinem Leibe gefahren.

»Faß fest zu! Um – Gottes willen! ... Er – reißt sich ... den – Verband los!!«

Martin raste. »Halt... was... du – kannst!«

Jens war mit dem Kopf gegen den Bettpfosten geflogen.

»Die verfluchte Kugel! ... Es wird mir dunkel... so dunkel... Jens... ich ... sterbe! ... Ich–sterbe ja!! ... Ida! Mutterchen!... Sie waren so stolz auf mich ... Ah! Herr Doktor? ... Gratuliere, mein lieber Junge! ... Gratuliere! ... Aber, ich ... ich will ja! ... Nein, Nora! nur ein Frosch, Kind! ... Sieh doch!... das Meer ... es wird ... ganz schwarz ... schwarz ... Mutterchen! ... Mutterchen ... Es wird ja alles noch gut... gut ... Ah! Aaah!! ... Gute Nacht... h! – h! – Gute Nacht, Herr ... H ... Herr – Doktor ...«

»Laß 'n bißchen los! – Er wird ruhig!«

Jens richtete sich auf. Sein Atem ging schwer, mühsam. Er besah sein Handgelenk. Es war blau. Ein paar blutige Streifen zogen sich drüber hin.

»Lösch ... die ... Lampe aus! Sie kohlt!«

Erschöpft war Olaf wieder in seinen Lehnstuhl zurückgesunken.

Im Zimmer wurde es jetzt hell. Die Messingtüren an dem weißen Kachelofen neben der Tür funkelten leise. Draußen fingen die Spatzen an zu zwitschern. Vom Hafen her tutete es.

Unten hatte die Hoftür geklappt. Jemand schlurfte über den Hof. Ein Eimer wurde an die Pumpe gehakt. Jetzt quietschte der Pumpenschwengel. Stoßweise rauschte das Wasser in den Eimer. Langsam kam es über den Hof zurück. Die Tür wurde wieder zugeklappt.

Sie sahen zu dem hellen Fenster hin. Unwillkürlich hatten sie beide tief aufgeatmet.

»Du! Olaf! Sieh mal!«

Olaf antwortete nicht. Er hatte nur den Kopf ein wenig zum Bett hingedreht.

»Er liegt wie tot!«

»Ich glaube ... Hm!« Er sah nach der Uhr.

»Wir müssen 'n neu'n Verband anlegen! Gib doch mal den Eisbeutel!«

Jens reichte ihm den frischen Eisbeutel vom Tisch herüber. Behutsam legten sie Martin den neuen Verband an.

Olaf brummelte etwas Unverständliches in seinen langen, strohgelben Schnauzbart.

»Ich glaube, die Wunde ist – nicht sorgfältig genug gereinigt! Es sind sicher noch Stoffäserchen von der Hose dringeblieben! ... Sieh mal!«

Sie hatten sich beide auf die Schußwunde niedergebückt, die Martin seitwärts im Unterleibe hatte.

»Du! Sieh doch nur! ... Er verändert sich ordentlich!«

»Hm!«

»Er liegt so still!«

»Ja! Wir müssen den Arzt holen lassen!«

»Ich will klingeln?«

»Ja!«

Hastig war Jens zur Tür gegangen. Grell tönte die Klingel unten durch das noch stille Haus...

Der erste Sonnenstrahl blitzte jetzt goldig über die Dächer weg in das Zimmer. Er legte einen hellen Schein auf die dunkelblaue Tapete über dem Bett und zeichnete die Fensterkreuze schief gegen die Wand. Die Bücherrücken auf dem Regal funkelten, die Gläser und Flaschen auf dem Tisch fingen an zu flinkem. Die Arabesken des blanken Bronzerahmens um die kleine Photographie auf dem Tisch mitten zwischen dem weißen, auseinandergezerrten Verbandzeug und dem Geschirre glitzerten. Auf den Dächern draußen lärmten wie toll die Spatzen. Unten auf dem Hofe unterhielten sich ganz laut ein paar Frauen.

»Donnerwetter! Ist das eine wüste Wirtschaft hier!« Jens, der zum Sofa ging, war über ein Paar Stiefel gestolpert, die mitten im Zimmer auf dem verschobenen, staubigen Teppich lagen.

»Mir ist ganz öd im Schädel!«

Schwer hatte er sich wieder auf das knackende Sofa sinken lassen. Olaf hatte nicht geantwortet.

Jens reckte sich.

»Übrigens... Es war eine schneidige Mensur!«

»Ja! Sehr korrekt!«

»Ja! Sehr ehrenhaft! – Für beide!«

»Eversen ist ins Ausland, nicht wahr?«

»Wahrscheinlich!«

Jens betrachtete nachdenklich die beiden blitzenden Pistolenläufe über dem Sofa. –

»Wenn sie nun kommen?«

»Hm!«

»Ae!«

Jens gähnte nervös.

»Wo bleibt denn dieser alte – Ohrwurm?!«

»Wann können sie denn hier sein?«

Olaf hatte sich vom Bett in die Höhe gerichtet.

»Ich denke, nach sechs?«

»Hm!«

...»Na, endlich!«

Jens war aufgesprungen. Hastig schloß er die Tür auf.

»Guten Morgen, meine Herren!«

»Guten Morgen, Frau Brömme!«

Die kleine, dürre Frau Brömme stand mit ihrem vorgestreckten, ängstlichen, verrunzelten Gesicht in der Tür. Ihre kleinen, grauen Augen hatte sie halb fragend, halb verstimmt gleich auf das Bett gerichtet. Mit ihren dürren Fingern zupfte sie an ihrem Schürzenband.

»Wie steht es, Herr Doktor?«

»Schlecht! Wollen Sie schleunigst zum Arzt schicken!«

Olaf hatte nicht vom Bett aufgesehn.

»Ach, du lieber Gott!... Es wird doch ...«

»Und ... bringen Sie bitte etwas frisches Wasser!«

»Ja! Sofort! Sofort! O du lieber Gott! Du lieber Gott!«

Die letzten Worte waren schon draußen vom Flur gekommen.

Im Zimmer nebenan wurde es jetzt lebendig. Ein Fenster wurde geöffnet. Jemand stimmte eine Geige.

»Der Philologe! Er steht jeden Morgen um sechs auf und spielt! Könnten wir nicht das Fenster ein bißchen aufmachen? Es ist zum Umkommen!«

»Ja! Etwas!«

Jens öffnete. Tief aufatmend sog er die frische Morgenluft ein.

Weich und klagend klangen die Töne der Geige, auf der der Philologe jetzt nebenan eine alte Volksballade spielte, auf den sonnigen Hof hinaus in das Zwitschern der Spatzen und das Gurren und Flügelklatschen der Tauben. Von fern, durch die klare Morgenluft, deutlich die hellen, zitternden Schläge einer Turmuhr.

Sie lauschten beide. Ihre bleichen, überwachten Gesichter waren tiefernst... Vor der Tür hatte es jetzt geklirrt. Jens öffnete. Frau Brömme kam mit dem Wassereimer und Kaffee. Vorsichtig trippelte sie auf den Tisch zu. Sie ließ kein Auge vom Bett.

»Hier ... hier, Herr Doktor! Etwas Kaffee, meine Herren! Du lieber Gott, ja!«

Olaf tauchte ein Handtuch in den Eimer und rang es aus. Es plätscherte. Frau Brömme nickte.

Jens schlürfte von dem Kaffee.

»Wie der arme junge Mann aussieht! Du mein Gott! Ach wissen Sie, es ist eine rechte Sünde, das Duellieren!«

»Eh! Der Arzt kommt doch bald?«

»Sofort! Sofort, Herr Doktor! Sofort! Ach Gott! So ein junger Mann, an den seine Mutter alles gewendet hat! Entschuldigen Sie! Aber sagen Sie selbst, meine Herren! Und schließlich, um eine Kleinigkeit, um nichts, wenn man's so nimmt! Das ist doch wahr, meine Herren!«

Olaf und Jens hatten eine sehr reservierte Miene angenommen.

»Ach ja! Man kann was erleben, wenn man zwanzig Jahre an Studenten vermietet hat!«

Olaf war müde in seinen Stuhl zurückgesunken.

»Ach, Sie müssen auch schön müde sein, Herr Doktor! ... Ja, ein richtiges Buch könnte man schreiben! Glauben Sie? Nebenan wohnte mal ein Herr Eriksen, der kriegte ganz und gar das Delirium! Hier! In meinem Hause! O Gott, wenn ich noch ...«

»Hm!... Wollen Sie – gleich noch etwas Eis her auf bringen!«

»Eis! Eis! Jawohl, jawohl, Herr Doktor! Sofort! O du lieber Gott!«

Sie trippelte hinaus.

»Alte Hexe!«

Olaf hatte das zwischen den Zähnen vorgezischelt. Jens schüttelte sich. Es fröstelte ihn.

»Unheimlich!«

Nebenan klang noch immer die Ballade durch die dünne Holzwand. Im Zimmer fingen die Fliegen an zu summen ...

»Du!«

»Was denn?!«

»Er liegt so auffallend still?«

»Ja!... Und ... Herrgott! Sieh mal!! Seine Nase ist – so spitz? Und ... die – Augen ...«

Olaf hatte sich schnell über Martin gebückt.

Um seinen Mund lag jetzt ein krampfiges Lächeln. Die Arme lagen lang über das zerwühlte Bett hin. Das scharfe, spitzige Gesicht, auf welches jetzt schräg die Sonne fiel, war wachsbleich.

»Man ... man spürt – den Puls gar nicht– mehr ...«

»Was??«

»Ach ... Er ... er ist ja – tot??!«

»W...??«

»Tot!!«

»Tot??... Du meinst... tot???«

Die Worte blieben Jens in der Kehle stecken: Er zitterte.

»Tot?«

Es war, als ob er an dem Worte kaute.

»Es ... es... ich will... die Wirtin ...«

»Laß!!«

Olaf hatte sich tief über die Leiche gebeugt. Er drückte ihr die Augen zu ...

Eine Minute war vergangen. Sie hatten nicht gewagt, sich anzusehn.

Draußen kamen jetzt leichte Schritte die Treppe herauf. Die Wirtin sprach mit jemand.

Sie sahen sich an.

»Es kommt wer!«

»Ach ... wahrscheinlich – der Arzt!«

Jens zupfte an dem untersten Knopf seines Jacketts herum. Sein Atem keuchte leise. Unverwandt sahen sie zur Tür hin.

Jetzt...

»H ... herein ...«

»Bitte, meine Damen! O du lieber Gott!... Bitte!«

Scheu waren sie jetzt vom Bett zurückgetreten. Sie wagten kaum aufzusehn.

In der offenen Tür stand eine schmächtige, ältliche Dame in einem einfachen, schwarzen Tunikakleidchen. Noch halb auf dem Flur draußen ein frisches, hübsches Gesichtchen, das ängstlich suchend, schüchtern über ihre Schulter sah.

Leise, mit einem halben Lächeln, war sie jetzt in das dumpfe, unfreundliche Zimmer getreten. Ihre leise zitternde Hand, durch deren lila Zwirnhandschuh ein schmaler Goldreif glitzerte, hatte sie halb wie fragend erhoben...

Jetzt hatte sie sich über die Leiche gebeugt...

Draußen zwitscherten die Spatzen, die Tauben gurrten in der blendenden Morgensonne. Vom Fenster bis zum Bett zog sich ein lichter Balken wimmelnder Sonnenstäubchen. Nebenan noch immer die weichen Töne der Geige ... ...

»Mama!!!«

Ein Dachstubenidyll

Novellistische Skizze von Johannes Schlaf

Frau Aurora Wachtel ist Witwe, und da ihr verstorbener Mann, ein braver Handwerker, ihr nur ein sehr winziges Vermögen hinterließ, so muß sie sich recht und schlecht mit dem Mietzins in der unvernünftig großen Weltstadt durchhelfen, den ihr die drei Mansardenzimmer einbringen.

Frau Aurora Wachtel ist eine kleine, runde Frau von sehr lebhaftem Temperament. Sie ist erstaunlich gutmütig; eigentlich für eine Großstädterin zu gutmütig. Man kann sie zu Tränen rühren, ohne eben erheblich viel Mühe hierauf zu verwenden. Sie besitzt ferner die Eigentümlichkeit, bei jedem nur entfernt schicklichen Anlasse, ihren Mietern, oder wessen sie sonst habhaft werden kann, von ihrer verstorbenen Tochter zu erzählen, die ein Ausbund aller möglichen Tugenden gewesen ist. Wenigstens hat noch niemand, dem sie unter strömenden Tränen mit einer erstaunlichen Kraft der Beredsamkeit davon erzählte, daran zu zweifeln vermocht ...

Frau Aurora Wachtel pflegt bei solchen Gelegenheiten hinzuzufügen, daß der Gram um die Verblichene sie noch töten werde, und da meist ihre Zuhörer angesichts der nicht unbeträchtlichen Korpulenz der Frau Wachtel eine derartige Befürchtung für unbegründet halten, pflegt sie dann noch einen Vergleich zwischen ihren einstigen geistigen und körperlichen Vorzügen und der damaligen Dekadenz derselben zu ziehen...

Die gute Frau Wachtel besitzt ferner die für eine Großstädterin gleichfalls etwas bedenkliche Eigentümlichkeit, »das Herz auf der Zunge zu tragen«. Die etwaigen nachteiligen Folgen derselben werden aber durch eine weitere ausgeglichen: trotz ihrer anerkannten Gutmütigkeit kann nämlich Frau Wachtel eine unglaubliche Energie entwickeln und bei dieser Gelegenheit »etwas gerade heraus sein«. Ja, es ist sogar vorgekommen, daß sie einen »meschanten« Mieter einmal eigenhändig aus einem der oben erwähnten Zimmer und dann auch noch die erste der vier Treppen, die zu ihrer Wohnung führen, hinabbefördert hat... Sonst ist sie jedoch die vortrefflichste, aufmerksamste Wirtin von der Welt, und wenn einige die Wache,

die sie von ihrer Küche aus, in der sie sich mit einer kleinen Pflegetochter behilft, über die Hausordnung hält, allzu streng finden und
daher obige vortreffliche Eigenschaften der Frau Wachtel in Zweifel
ziehen, so hat man Ursache, darauf nicht viel Gewicht zu legen ...

Zu der Zeit, wo diese Erzählung spielt, wurden die drei Dachstu-
benzimmer von folgenden Mietern bewohnt.

In einer einfenstrigen, schmalen Kammer hauste ein Student, der
bei Frau Wachtel im Geruche außergewöhnlicher Solidität stand. Sie
ließ sich in dieser guten Meinung auch nicht durch Einwendungen
eines jungen Malers, eines anderen Mieters, irremachen, die sich
übrigens daraus erklärten, daß sie den »Herrn Kandidaten« dem
jungen Künstler mit großem Freimut als ein nachahmenswertes
Beispiel hinstellte, wozu sie sich bei dem allerdings etwas freien
Lebenswandel dieses jungen Mannes berechtigt glaubte ...

Der Maler pflegte zu behaupten, daß jener musterhafte Lebenswandel sich leicht mit den »hohen Semestern« jenes Herrn erklären
lasse. Im übrigen habe er Beispiele, daß es mit demselben nicht »so
weit her sei«. Das macht aber um so weniger Eindruck auf Frau
Wachtel, als der »Herr Kandidat« mit rühmlichster Geduld und
achtungsvollster Rührung sich die Vorzüge der verstorbenen Tochter, sooft es Frau Wachtel beliebt, darlegen läßt und für deren Trauer das edelste Mitgefühl zeigt...

Ein größeres, zweifenstriges Zimmer bewohnt der erwähnte Maler. Er ist ein junger Mann von zweiundzwanzig Jahren, hat eine
sehr kleine Gestalt, aber um so längere Haare und einen ebenso
langen Namen, der seine Ausdehnung der beigefügten Bezeichnung
des Geburtsortes dieses jungen Mannes verdankt. Er heißt Müller-
Königsberg. Frau Wachtel erklärt ihn für einen zwar gutmütigen,
aber außerordentlich leichtsinnigen Menschen, da er den Grundsatz
hat, nie vor Mitternacht nach Hause zu kommen, und außerdem
häufig Damenbesuche erhält. Es ist ihm noch nicht geglückt, die
Notwendigkeit dieser Besuche – die Damen sind Modelle – Frau
Wachtel klarzumachen. Da nämlich außer ein paar unschuldigen,
unvollendeten Landschaften, die in diesem Zustande schon gerau-
me Zeit auf ihren Staffeleien stehen, keine sonstigen Spuren seines
Fleißes zu bemerken sind, glaubt sich Frau Wachtel zu einigen allerdings wohl unbegründeten Zweifeln berechtigt ... Für die »genia-

le« Unordnung, die in seinem Zimmer herrscht, hat Frau Wachtel nicht das mindeste Verständnis. Wennschon sie nämlich als »alte Frau« mit verschiedenen der zahlreichen Studien, die rings umher-hängen und sich nicht im mindesten vor der braven Frau Wachtel genieren, mit ihrer absoluten klassischen Nacktheit Nachsicht hat, so ist sie doch darüber untröstlich, daß dieser »infame Plunder« ihr schönes Zimmer so lästerlich verunziere... Außer diesen Studien rechnen übrigens zu diesem »infamen Plunder« einige trockene Palmzweige, japanische Fächer und Schirme, alte Waffen, Kostüm-stücke, Fischernetze, ausgestopfte Vögel, Paletten, Staffeleien, leere und volle Farbenhülsen, Aktphotogramme, Skizzenbücher usw., welche mit bunter Mannigfaltigkeit in allen Winkeln und Winkel-chen des Zimmers herumliegen.

Diese »geniale« Unordnung pflegt aber den erdenklich höchsten Grad zu erreichen nach den häufigen Besuchen der Studien- und Gesinnungsgenossen dieses geselligen jungen Mannes. Man sagt diesem übrigens nach, daß er mit seinen nicht uninteressanten Ge-sichtszügen und seinem künstlerisch-nachlässigen Exterieur bei den Damen sehr gern gesehen sei.

Das dritte, kleinere Zimmer bewohnt ein junger Schauspieler und seine Frau, die mit ihren deklamatorischen Übungen den »Herrn Kandidaten« oft zur Verzweiflung bringen. Herr Kraft und seine Gemahlin waren augenblicklich ohne Stellung und daher ziemlich mittellos, ein Umstand, der aber ihre gute Laune nicht erheblich zu beeinträchtigen vermochte ...

Mit unserem Maler war dieses liebenswürdige Ehepaar bald be-kannt geworden, vermöge der geselligen Tugenden, die beiden Teilen gemeinsam waren ... Der »Herr Kandidat« war der Gegen-stand fortwährender kleiner Intrigen, die jedoch ihre Wirkung gänzlich verfehlten und jenen nicht im geringsten vermochten, aus seiner Reserve herauszugehen.

Frau Kraft war guter Hoffnung, und es stand seit einiger Zeit ein Sprößling zu erwarten.

Als unser Maler daher eines Morgens zu einer seinen Grundsät-zen – wenn man berechtigt ist, ihm derartige nützliche Besitztümer zuzumuten – gemäßen Stunde nach Hause kam, hörte er im Zim-mer seiner Nachbarn Schmerzensrufe, über deren Ursache ihn das beruhigende Zureden einer Frauensperson belehrte. Jene Schmerzensrufe dauerten ungefähr zwei Stunden, nach welcher Frist sie aufhörten und der junge Künstler einen kurzen zitternden Schrei vernahm ...

Obgleich zwar bei der oben gekennzeichneten äußeren Lage des Ehepaares eigentlich der kleine Ankömmling, den ich übrigens den geehrten Lesern als den Helden dieser Erzählung vorstelle, ziemlich überflüssig war, genierte er sich doch nicht im mindesten, aus dem selig-unbewußten Stilleben seines bisherigen Zustandes in die Welt des Bewußtseins einzutreten. Ja, und es muß gesagt werden, daß der Schrei, mit dem der neugierige kleine Patron das dürftige Dachzimmer, das der Schauplatz seiner jungen Leiden werden sollte, begrüßte, daß die Art, wie er seine Ichheit jedem, der es hören wollte, ad aures demonstrierte, von nicht gewöhnlicher Lebenskraft zeugte. Diese Kraft würde vielleicht jeden anderen Menschen, der sich in der zweifelhaften Lage des Vaters unseres Helden befunden hätte, mit einiger entschuldbarer Besorgnis erfüllt haben, aber dieser trat auf das Zeichen, das die Hebeamme gegeben hatte, mit unsrer Frau Wachtel mit der freudigen, unbefangenen Neugier eines Kindes, das zur Weihnachtsbescherung gerufen wird, in das armselige Zimmerchen... Er nahm seinen Sprößling, nachdem ihn die Hebeamme sauber in Windel und Wickel geschnürt hatte, auf beide Arme, betrachtete ihn mit freudestrahlendem Gesicht und fragte, während er das Kind auf und ab wiegte:

»Ein Sohn?«

»Jawohl, ein Sohn, Herr Kraft!« antwortete die Hebeamme, die bereits im Begriff stand, sich zu entfernen.

»Sagte ich's nicht? Sagte ich's nicht?« wandte er sich zu seiner Frau, indem er über und über vor Vergnügen errötete, den Arm ausstreckte und den Zeigefinger auf und ab wippte wie ein vergnügtes Kind.

»Sagte ich's nicht, Helene? Ein Junge!«

Seine Frau verlangte mit schwacher Stimme nach dem Kinde, und er trug es ihr tänzelnd zum Bett und beugte sich mit ihm zu ihr herab.

»Da sieh mal! He! Ein strammer Bursche! Und ist er mir nicht wie aus den Augen geschnitten? He, Frau Wachtel? Sehen Sie! Urteilen Sie selbst! Ganz der Vater! Ohne Widerrede, Helene! Ganz der Vater! Ohne Widerrede, Helene! Ganz der Vater! 's ist gar kein Zweifel!«

Hierauf schickte er sich an, ein Tänzchen mit dem Kleinen in der Fülle seiner Vaterfreude das Zimmer auf und ab zu unternehmen, wogegen aber Frau Wachtel ganz energisch Protest einlegte mit dem triftigen Grunde, daß das Kind und die Mutter jetzt »absolut« Ruhe haben müßten. Der glückliche Vater konnte sich dem nicht verschließen und begab sich zu dem Bette seiner Frau, um sich mit ebenso großer Zärtlichkeit wie Umständlichkeit nach dem Befinden derselben zu erkundigen. Auch hiergegen legte aber die umsichtige Frau Wachtel Protest ein. Sie drängte ihn nicht eben sanft vom Bette hinweg, legte den Neugeborenen an der Seite der Mutter nieder und zog sich dann still in ihre Küche zurück, während Herr Kraft sich auf sein lederüberzogenes Schlafsofa warf und bald sanft und selig mit einem glückseligen Lächeln entschlummerte ...

Herr Kraft hatte an verschiedenen Provinzialbühnen Süddeutschlands, bedeutendere, wie er behauptete, die ersten Liebhaberrollen, wie er gleichfalls behauptete, mit großem Erfolge gespielt. Auf die nicht unberechtigte Frage, warum er so ungemein günstige Stellungen aufgegeben habe, pflegte er zu erwidern, daß er eines größeren Feldes für die volle Entfaltung seines Talentes bedürfe und deshalb sich nach der Hauptstadt begeben habe. Obgleich er nun vorläufig »auf dem Pfropfen sitze« –so drückte er sich aus –, so könne es doch gar nicht fehlen, daß er nächstens ein seinen Talenten entsprechendes Engagement bekommen werde. Man habe ihm auch bereits verschiedene Anerbietungen gemacht, und zwar seitens nicht unbedeutender Bühnen; doch sie hätten ihm noch nicht genügen können.

Vor der Hand wußte er und seine Frau, die ein unerschütterliches Vertrauen auf die Talente ihres Mannes setzte, allerdings kaum, wovon leben. Er mußte sich auf die etwas zweifelhafte Güte und Opferwilligkeit seiner Schwiegermutter verlassen und sah sich im übrigen genötigt, ein Stück seiner Garderobe und der seiner Frau, einer Soubrette, nach dem anderen zum Leihhaus zu tragen. Trotzdem brachte er – da seine Garderobe bereits sehr mangelhaft war – fast den ganzen Tag auf dem Zimmer zu, wiegte sich auf den Lorbeeren künftiger, großartiger Erfolge und deklamierte; der »Herr Kandidat« behauptete, in sehr mangelhafter Weise; der Mann könne nur ganz untergeordnete Rollen gespielt haben. Man weiß nun freilich nicht, inwieweit man dem »Herrn Kandidaten« hier beipflichten kann...

Abwechslung in dieses Stilleben hatte, soweit man ihrer bedurfte, zuerst Herr Müller-Königsberg gebracht. Da aber dieser junge, hoffnungsreiche Künstler den größten Teil des Tages meist außer Haus zubrachte, wenn er vormittags gegen zwölf Uhr sich entschlossen hatte, das Bett zu verlassen, so kam doch Herrn Kraft die Ankunft seines Sohnes sehr erwünscht, und wir werden bald sehen, welche Abwechslung dieses junge Menschenkind in die bisher etwas monotone Häuslichkeit des Schauspielerpaares brachte ...

Zunächst zeigte sich die gute Frau Wachtel in der ganzen Glorie ihrer Gutherzigkeit. Sie brachte der Wöchnerin unentgeltliche Wochensuppen und gab sich, neben dem Bette sitzend und ihr gutmütiges Vollmondgesicht gedankenvoll stützend, den Erinnerungen an ihre verstorbene Tochter hin, wobei sie die bittersten Tränen weinte, während die Wöchnerin, die von der Suppe aß, zwischen dem Essen von Zeit zu Zeit bedauernde oder tröstende Interjektionen dazwischenwarf ... Für den Kleinen zeigte Frau Wachtel die mütterlichste Sorgfalt, obgleich bei gewissen natürlichen Eigentümlichkeiten, die der hilflose Zustand in diesem Lebensalter mit sich bringt, immerhin gewisse Selbstüberwindung hierzu nötig war ...

Der junge Künstler war bald nach der Geburt des Kleinen mit diesem bekannt gemacht worden. Als er seine Nachbarn besuchte, fand er sie in folgender Situation. Die Mutter saß im Negligé auf einem Fußschemel vor einem Stuhle und hielt den geöffneten Mund über einen irdenen Topf, um den Brodem, der aus demselben aufstieg, einzuatmen. Sie litt nämlich schon lange an einer hartnäckigen Heiserkeit und suchte auf die angedeutete Weise derselben Herr zu werden. Sie sah noch sehr bleich und angegriffen aus, wozu auch der Umstand beitrug, daß sie bei der gegenwärtigen Lage ihres Mannes keine hinreichend kräftige Nahrung zu sich nehmen konnte. Herr Kraft saß auf einem mit Glanzleder überzogenen Schlafsofa und war beschäftigt, »seinen Jungen« aus einer mit einem Gummischlauch versehenen Flasche zu tränken.

»Ich sage dir, Helene ...«

Hier wurde er durch das Eintreten des jungen Malers unterbrochen.

»Ah, Herr Müller! Sehen Sie, sehen Sie, lieber Herr Müller! Ein Junge, und was für ein Junge!«

Er erhob sich und hielt den Kleinen, dem die Unterbrechung seiner angenehmen Tätigkeit nicht zusagte und der deshalb in ein heftiges Zetergeschrei ausbrach, Herrn Müller entgegen. Dieser, welcher die Eigenheit hatte, Kinder dieses Alters auf das heftigste zu verabscheuen, machte ein sauer-süßes Gesicht und tippte mit der äußersten Spitze seines Zeigefingers einigemal auf das Händchen des kleinen Kerls, wobei er sagte:

»Wirklich! Ein allerliebster Bursche! Gratuliere! Ein reizender Kerl! Hm! He! He! Du!«

Während er den kleinen Mann in dieser Weise liebkoste, trat ihm der Schweiß auf die Stirn.

»Nicht wahr?« rief der glückliche Vater.

»Und ist er mir nicht wie aus den Augen geschnitten? Sagen Sie selbst, lieber Herr Müller!«

»Gewiß!«

»Siehst du, Helene? Jeder sagt's! Sie will's nicht glauben!«

»So gib doch aber lieber dem armen Wurm zu trinken!« rief die Angeredete mit ihrer heiseren Stimme herüber, ohne ihre Stellung zu verändern. »Es schreit sich ja noch zu Tode!«

Diese Mahnung war allerdings berechtigt, denn wenn unser kleiner Held jetzt eine Pause machte, so geschah dies deshalb, weil ihm vor gänzlicher Ermattung die Stimme versagte.

»Sage das nicht, Helene! Ich habe von Ärzten erster Autorität gehört, daß Kindern nichts zuträglicher ist als Schreien, tüchtiges Schreien!«

»Ach! Gar ...« antwortete Helene.

»Gewiß! Helene! Gar kein Zweifel! Das weitet die Lungen!«

»Na ja, aber das Kind muß doch Trinken haben. Es kann doch nicht verhungern!«

»Das muß es! Allerdings, das muß es!« antwortete Herr Kraft, während er sich wieder setzte und dem Kleinen die Flasche in den schnappenden Mund steckte und aufmerksam darauf achtete, daß sie ihm nicht entrutsche.

»Allerdings muß das Kind Trinken haben, Helene! Aber ich sage dir nochmals« – er hatte es ihr bereits vor Eintreten des jungen Malers gesagt, der mit den Händen in den Beinkleidern an der Tür lehnte und ziemlich stumpfsinnig zusah, wie der Kleine trank – »ich sage dir nochmals, daß diese Methode eine ganz verkehrte ist!«

»Aber...«

»Verlaß dich darauf! Eine verkehrte! Sage *ich!* Denn ich frage: ist sie natürlich?«

»Aber Alfred!«

»Herr Müller!« wandte er sich erregt an diesen jungen Mann. »Sagen Sie, Herr Müller! Ist es unnatürlich, Kinder aus der Flasche zu tränken?«

Unser kleiner Held bekam wieder Gelegenheit, seine Lungen zu weiten ...

»Jenun!...« machte Herr Müller-Königsberg, der sich in dieser Frage nicht das nötige Sachverständnis zutraute.

»Siehst du, Helene? Natürlich! Kein Zweifel: es ist unnatürlich! Du solltest das Kind selbst stillen, Helene!«

»Aber, wie kann ich denn!«

»Ach, das ist Einbildung! *Ich,* Helene! Ich sage dir, du bist gesund! Kerngesund!«

»Schön gesund! Bei meiner schwachen Brust!«

»Na, was sollen denn aber die Negerweiber machen? Die haben die einzig richtige Methode! Ich habe gelesen, in anerkannt authentischen, berühmten Berichten gelesen, daß ihnen ein Busch zum

Wochenbett genügt! Und dann: wo sollten *sie* denn Flaschen mit Gummischläuchen herbekommen?«

Herr Müller-Königsberg lachte, und Herr Kraft, in der Meinung, er habe unbewußt einen Witz gemacht, stimmte ein.

»Aber ich bin doch nun kein Negerweib, Alfred!«

»Du mußt mich recht verstehen!« Herr Kraft nahm einen väterlich belehrenden Ton an. »Das war ja nur ein Beispiel! Wenn du bedenkst, wie gut Negerkindern diese Methode im allgemeinen zu bekommen pflegt, so mußt du mir zugestehen, daß die natürliche Methode, nach der man Kinder selbst stillt, die beste ist! Und *ich* halte es nicht für unter der Würde eines zivilisierten Menschen, selbst von einem Neger zu lernen, wenn man davon Vorteil hat, Helene!«

Herr Müller-Königsberg, der die Stubenluft – die Fenster wurden hier fast gar nicht geöffnet, denn es war Winter, und man mußte die Feuerung schonen – mit der Zeit unerträglich fand und bei dem fortgesetzten Zetergeschrei des Kleinen für sein Trommelfell fürchtete, hielt es für gut, sich zu verabschieden.

»So hör doch aber auf, Alfred! Um Gottes willen! Das Jör schreit sich ja zu Tode! Gib ihm doch zu trinken! Aber laß nur!« Sie erhob sich und ergriff unseren kleinen Helden. »Gib! Ich gebe ihm selbst!« Von jetzt ab war allerdings dem Kleinen die Gelegenheit zu jener heilsamen Lungengymnastik genommen. Er ließ es sich aber nicht verdrießen, sog eifrig an dem Gummischlauch und entschlummerte dann.

»Nein, Helene! Ich bleibe dabei, daß es dem Kinde zuträglicher wäre«, setzte Herr Kraft das Gespräch fort, während er, die Hände auf dem Rücken, auf und ab ging. Er suchte darauf mit ebensoviel wissenschaftlicher Sachkenntnis wie Phantasie seiner Gattin klarzumachen, welche höchst gefährliche chemische Vorgänge der Gummi im Munde des Kleinen notwendig hervorrufen müsse, und wiederholte dann noch einmal mit besonderem Nachdruck seine Behauptung.

»Das ist ja alles richtig, Alfred! Aber es ist doch besser, wenn das Kind gesunde, kräftige Milch bekommt, als daß ich es selbst stille, bei meiner schwachen Brust!«

»Nun, wenn du denkst, es verantworten zu können, Helene!«

Helene verlor ihre Geduld, und das wollte eigentlich etwas sagen, da sie von Natur sehr zum Phlegma neigte.

»Na, wenn man auch nichts Ordentliches zu essen hat!? Heute und gestern haben wir zu Mittag nur Kaffee mit Butterbrot gehabt! Davon kann doch das Kind nicht zu Kräften kommen?«

»Willst du mir einen Vorwurf daraus machen? Helene! *Du!...*«

»Na! Schließlich bin ich wohl an unsrem Malheur schuld?«

»Weib!!!...«

Herr Kraft ballte die Fäuste, indem er in höchst besorgniserregender Weise die Augen rollte und sein langes, prächtiges Künstlerhaar sich sträubte, und nahm eine äußerst aggressive Haltung ein, so daß es Helene für nötig hielt, die Vorwürfe, die sie ihm machte, mit einem lauten Schluchzen zu begleiten, das jedenfalls an das Mitleid ihres erzürnten Gatten appellieren sollte ... Nachdem dieses Gespräch eine gewisse tragische Höhe erreicht hatte, nahm es dicht vor einer gewiß höchst furchtbaren Katastrophe noch eine glückliche Wendung zum Guten. Die Versöhnung wurde geschlossen, indem Herr Kraft seine schluchzende Gemahlin an seine Ersteliebhaberbrust drückte und sie sein »liebes, teures Weib« nannte. Nachdem er es ihr von neuem mit überzeugender Beredsamkeit zur unzweifelhaften Gewißheit gemacht hatte, daß nächstens ihre Lage eine äußerst günstige sein werde, wusch Helene Windeln, und Alfred deklamierte aus einem höchst interessanten Buch, das »Humor vor Gericht« betitelt war ...

So gingen zwei Monate hin, während welcher Zeit unser kleiner Held täglich der Gegenstand weitläufiger Erörterungen zwischen den beiden Ehegatten war, da diese immer noch untätig auf ihrem Zimmer auf die günstige Wendung ihres Geschickes warteten und doch notwendig die Zeit bis dahin auf eine möglichst zerstreuende Weise ausfüllen mußten ... Er hatte hinreichend Gelegenheit, jene oben erwähnte Lungengymnastik zu üben. Da hinsichtlich seiner Behandlung die Ansichten seiner Eltern auseinandergingen, so wurde, weil einer den anderen von der Vortrefflichkeit seiner Methode überzeugen wollte, unser Held der Gegenstand verschiedentlicher Experimente, die aber auf sein körperliches Befinden keinen anderen nennenswerten Erfolg hatten, als daß er sich einige Male den Magen verdarb. Auch die Kurmethoden wußte unser Held, der angesichts aller dieser Tatsachen wohl mit Recht die Bezeichnung verdient, standhaft zu überdauern.

Je älter er wurde, um so vielseitiger nahm er das Interesse seines Vaters in Anspruch. Eines Tages erklärte dieser, als unser Held einmal wieder Gelegenheit hatte, seine Lunge zu weiten, was übrigens den ganzen Tag über der Fall war, in einer für seine körperliche Entwickelung gewiß vorteilhaften Weise:

»Helene! der Junge hat einen störrischen Charakter!«

»Ach!« sagte diese, die an einem Butterbrot kaute und dazwischen Kaffee trank. Sie war im Negligé wie meist, obgleich es Nachmittag war, denn sie hielt es für überflüssig, Toilette zu machen, da man ja doch nicht ausgehe und man sich vor den etwaigen Besuchen nicht zu genieren brauche. Dem stimmte auch Herr Kraft bei, der, in Hemdärmeln, seiner Gewohnheit gemäß auf und ab promenierte. In dem Zimmer herrschte aus einem ähnlichen Prinzip eine »unverantwortliche Unsauberkeit«. Letzteres ist ein Ausdruck der Frau Wachtel ...

»Du kannst dich darauf verlassen, Helene! Er hat einen störrischen Charakter!«

»Na, er ist ja aber doch noch viel zu klein! Das kann man doch wohl noch gar nicht sehen!« wagte Helene schüchtern einzuwenden.

»Glaube das nicht, Helene! Dafür ist er *mein* Junge! Er ist so schlau und entwickelt wie ein einjähriges Kind. Verlaß dich darauf! Hast du nicht bemerkt, wie klug er mich anblickt, wenn ich mit ihm spreche? Paß mal auf!«

»Willst du wohl still sein!!?« brüllte er das Kind an, welches, durch das entsetzenerregende Gesicht seines Papas verblüfft, stillschwieg.

»Siehst du? Er versteht mich! Aber er ist störrisch! Siehst du, da fängt er schon wieder an!«

Gott mag wissen, warum unser Held schrie. Befand er sich doch noch nicht in der glücklichen Lage, seinen Wünschen Ausdruck geben zu können. War er krank? Hatte er ein Bedürfnis nach Liebe? Sehnte er sich nach einem Zwiegespräch, wie es nur eine Mutter in dieser Lebensperiode mit uns zu halten versteht, die jeden unserer Wünsche, jede Lebens- und Gefühlsregung vermöge der Allmacht ihrer Liebe zu verstehen vermag?... Vermißte er das alles? Wer mag in so eine kleine Seele blicken? ...

»Er ist, wie gesagt, eigensinnig! Wir müssen ernstlich daran denken, ihn zu erziehen!« »Ach, lieber Gott! Das arme Wurm versteht ja noch nichts!« murmelte Helene ungefähr. Da sie kaute, konnte man es nicht recht verstehen.

»Glaube das nicht! Man kann nicht früh genug mit der Erziehung beginnen. Man hat Beispiele gehabt, daß Kinder von vier Jahren Latein lernten, und *mein* Junge wird das einst auch unzweifelhaft können!«

Von jetzt an gab sich Herr Kraft die löblichste Mühe, gegen die Spuren der Erbsünde bei unserem Helden anzukämpfen nach dem Grundsatz: wer sein Kind liebhat, der züchtiget es! ... Hierbei wurde freilich das Übel nicht gehoben, sondern vielmehr in einer Weise gesteigert, daß der Friede mit der Nachbarschaft oft höchst bedenklich gestört wurde ... Der »Herr Kandidat« setzte daher eine Verschwörung mit Frau Wachtel ins Werk und veranlaßte dieselbe, dem väterlichen Erziehungseifer Einhalt zu tun, was aber keinen besonderen Erfolg hatte, da Herr Kraft mit edler Entrüstung äußerte: er werde *nie* einen Einspruch in seine heiligsten väterlichen Rechte und Pflichten dulden ...

Trotzdem vergaß Helene eines Tages so weit ihre mütterlichen Rücksichten, daß sie, die hohe Bewunderung vor ihrem Mann und ihr natürliches Phlegma ganz außer acht lassend, dem »heiligen« Eifer Alfreds dadurch Einhalt gebot, daß sie ihm eine kräftige Ohrfeige verabreichte ...

Diese unerhörte Tat hatte einen hochtragischen Auftritt zur Folge. Er endete damit, daß Herr Kraft seinen Mantel umhing und sich bei allen beschwörbaren Personen und Gegenständen des Himmels und der Erde hoch und teuer verschwor, die »verruchte Frevlerin« auf »ewig« zu verlassen. Da dieselbe aber über einen so furchtbaren

Entschluß auf das tiefste bestürzt zur Besinnung kam und kniefällig seine Verzeihung erflehte, ließ er sich endlich, endlich erweichen, nicht um ihretwillen, sondern seines »unglücklichen, verwaisten Kindes« willen ... Immerhin hatte dieser Auftritt zur Folge, daß ein Körperteil unseres Helden, der die erziehenden Absichten Herrn Krafts vor allem erfuhr, die Spuren derselben allmählich überwinden konnte ...

Unterdessen war für unseren Helden ein bedeutungsvoller Tag herangekommen, nämlich der seiner Taufe. Derselbe sollte mit aller Förmlichkeit festlich begangen werden. Zu dem Zwecke hatte Herr Kraft eine Einladung an den jungen Künstler, an ein diesem und ihm und seiner Frau bekanntes »Modell« und an eine seiner Schwestern ergehen lassen, welche drei Personen zugleich Patenstelle vertreten sollten.

Allseitig wurden nun zu diesem wichtigen Tage die weitgehendsten Vorbereitungen getroffen.

Herr Kraft entschloß sich, einen Pelzmantel, das letzte, kostbarste Stück seiner Garderobe, das bis jetzt allen Stürmen getrotzt hatte, zum Leihhaus zu tragen, und Helene überwand sich dazu, einmal Toilette zu machen und auszugehen, um die notwendigen und angemessenen Einkäufe zu besorgen.

Als der Festtag angekommen war, trafen die Geladenen zur bestimmten Stunde ein. Herr Müller- Königsberg hatte einen alten, bereits etwas mitgenommenen, einstmals schwarzen Gesellschaftsanzug aufgetrieben und äußerst sinnreich vermittelst Restitutionsschwärze und chinesischer Tusche repariert, so daß er höchst würdevoll auftrat und, als er mit dem Humor, der ihm zu eigen war, seine Künste offenbarte, allseitig Komplimente erntete ... Das »Modell«, eine junge, sehr gesellige und liebenswürdige Dame, erschien in tadelloser Toilette.

Helene hatte sich mit einem alten, schwarzen Seidenkleide herausgeputzt. Die Schwester, eine Näherin, die sich gleich von Anfang sehr reservierte, erschien gleichfalls in angemessener Weise; freilich verriet ihre Toilette der des »Modells« gegenüber entschieden einen Mangel an Phantasie ... Unser kleiner Held, der von der liebenswürdigen jungen Dame sofort auf das zärtlichste geliebkost wurde, so daß er vor gänzlichem Erstaunen über eine so ungewohnte Behandlung ganz seine »Störrigkeit« vergaß und das liebenswürdige junge Wesen mit weitaufgerissenen Augen anstarrte und dann wieder anlächelte: unser kleiner Held wurde mit seinem schmächtigen Körperchen in ein weißes Wickelbettchen geschnürt und mit einem Zwirnhäubchen, das mit einer rosafarbenen Schleife geziert war, geputzt. Man begab sich, nachdem alle Vorbereitungen getroffen waren, zur Kirche ...

Der Nachmittag und Abend wurde dank dem Pelzrocke in heiterster Stimmung verbracht. Nach einem kleinen Mahl machte man sich's bei Kaffee und Kuchen und sodann nach einem umfangreicheren Abendessen bei Bier und Zigarren bequem. Herr Müller saß auf dem Ledersofa, neben ihm die liebenswürdige Patin, welche den Kleinen, der heute sich sehr still verhielt und die Patin fortwährend anlächelte – er war einmal so recht glücklich –, auf dem Arm hatte und ihn fortwährend liebkoste.

Die Unterhaltung wurde bald eine sehr lebhafte. Der Maler wußte von einem Kollegen, der mit dem körperlichen Gebrechen des Schielens behaftet und durch dasselbe einst in eine unangenehme Affäre verwickelt war, mit glücklichstem Humor zu erzählen. Derselbe war nämlich in einer kleineren Gesellschaft mit seinem Nachbar in Streit geraten. Da es jedoch bei jenem unglückseligen Gebrechen den Anschein hatte, als wenn die Insulten, die besagtem Nachbar galten, an dessen Nachbarn gerichtet wären, welchen er zu fixieren schien, so entspann sich ein Streit um diesem, und da hier eine gleiche Verwechslung stattfand, kam er mit der ganzen Tafelrunde in Streit und schließlich auch glücklich mit jenem unschuldigen Urheber dieser erregten Auseinandersetzungen ... Da der junge Mann dieses interessante Ereignis durch Pantomimen sehr anschaulich zu machen wußte, versetzte er seine Zuhörer in den Zustand lebhaften Entzückens...

Hierauf bewies Herr Kraft haarklein, daß er ein ungemein schöner Mann auf der Bühne sei, und gab dann aus dem reichen Schatze seiner Erlebnisse eines um das andere zum besten, und jedes war geeignet, die persönlichen Vorzüge unseres ersten Liebhabers in das denkbar günstigste Licht zu stellen ... Die Stimmung wurde immer freier, und als Herr Müller, der sich neben allen anderen seinen vortrefflichen Eigenschaften des Besitzes einer vorzüglichen Baßstimme erfreute, ein Lied anzustimmen begann, stimmte die ganze Gesellschaft ein außer der Schwester, welche den Augenblick für günstig hielt, sich zu entfernen. – Das »Modell«, dessen Zärtlichkeit allmählich erkaltet war, hatte unseren Helden beiseite gebracht und zündete sich mit Helene, die heute merkwürdig ausgelassen war, Zigaretten an, deren Rauch sie mit koketter Grazie in blauen, zierlichen Ringeln gegen die Zimmerdecke hauchte. Herr Müller-Königsberg fand sie bei dieser Beschäftigung so hinreißend liebenswürdig, daß er sie sein »allerliebstes, kleines Schafchen« nannte und einen Kuß von ihren roten, runden Lippen raubte; hierfür schalt sie ihn aus, ohne ihn jedoch erheblich zu entmutigen. Unser Ehepaar, das diese Vorgänge sehr amüsant fand, brach in ein herzliches Gelächter aus...

Der Umstand, daß das enge Zimmer in einen dichten Nebel von Tabaksqualm gehüllt war, vermochte die allgemeine fröhliche Stimmung nicht zu beeinträchtigen. Als das »Modell« einmal Bedenken äußerte wegen dem Kleinen, meinte der Papa: das tue nichts, er sei das gewöhnt; und das hätte eigentlich wohl auch der Fall sein können, da dergleichen Zusammenkünfte auch sonst zuweilen hier in gleicher Weise stattfanden, sobald irgendein günstiger Zufall einiges Geld ins Haus gebracht hatte, denn Herr und Frau Kraft waren von jeher sehr freigebig gewesen ... Man trennte sich ziemlich spät in der vortrefflichsten Laune. Die junge Dame, die allerlei gangbare Operettenmelodien trällerte, ließ sich von Herrn Müller-Königsberg nach Hause geleiten, und beide ließen Helene und Alfred mit etwas schweren Köpfen zurück...

Der Erziehungseifer Herrn Krafts nahm seinen weiteren Verlauf und fand eine Erweiterung. Dem »Jungen« sollten nämlich die Anfangsgründe des Sprachunterrichts beigebracht werden. Alfred ließ es sich daher nicht verdrießen, fast den ganzen Tag über zunächst unserem Helden den Vokal »a« beizubringen, da dieser, wie er behauptete, am leichtesten hervorgebracht werde und man doch eine Sache von vorn anfangen müsse...

Er hielt dabei Anreden an den kleinen Zögling, deren man ein
gewöhnliches Menschenkind vielleicht im günstigsten Falle im
vierten Jahre seines Lebens für würdig erachtet... Leider machte
unser Held bei der ihm angeborenen Störrigkeit kaum nennenswer-
te Fortschritte und setzte die Geduld seines väterlichen Lehrmeis-
ters oft auf die ärgste Probe.

Helene, die übrigens bei ihrem glücklichen Temperament den
größten Teil des Tages mit Essen, Trinken und Schlafen sehr geschickt hinzubringen wußte, wagte eingedenk jener entsetzlichen
Drohung ihres Gatten, obgleich das, was sie in kühnen Augenbli-
cken ihren gesunden Menschenverstand nannte, sich oft empörte,
keinen energischen Protest einzulegen. Sie hoffte übrigens, daß die
Zeit ihrem Manne die Art, sie zu vertreiben, langweilig machen
werde. Das geschah in der Tat, zumal die äußere Lage dieses treffli-
chen Ehepaares immer bedenklicher wurde, so daß man es jetzt
bereits für vorteilhafter hielt, besagte Lage, wenn auch nicht immer
in parlamentarischer Weise, zu erörtern. Ihr Humor kam ihnen
zuweilen recht bedenklich abhanden, und leider wurde unser kleiner Held oft durch diesen Umstand in Mitleidenschaft gezogen ...

Unter diesen Verhältnissen fand es der kleine, anspruchsvolle
Patron vorteilhafter, sich alledem zu entziehen. Eines Tages er-
krankte er und verfiel in Krämpfe; es war im sechsten Monat seines
Lebens...

Ein Arzt, den die tiefbestürzten Eltern herbeiholten, konnte ihn
nicht mehr retten. Noch einmal krampfte sich der kleine, magere
Körper zusammen, noch einmal verdrehte er seine Augen und ver-
schied dann in den Armen seiner Mutter, die sich laut schluchzend
über die kleine Leiche warf, während der Vater, ein Bild stummer
Verzweiflung, mit gerungenen Händen vor der Gruppe stand und
auf sie herabstarrte ...

Die kleine Leiche sah allerliebst aus, wie sie so in einem schnee-
weißen Hemdchen dalag. Der im Todeskrampf verzerrte kleine
Mund erweckte den Anschein, als wenn er lächle, wie bei jedem
Toten ... Man hatte dem Kleinen das Zwirnmützchen mit der rosafarbenen Schleife aufgesetzt. Es war so freundlich, so friedlich...

Frau Wachtel, welche die bittersten Tränen über ihn weinte, hatte
dem Kleinen die Händchen über der Brust gefaltet...

»Ja ja! Er lachte schon so früh! Das ist nicht gut! Da sterben die Kinder bald!« sagte sie. Frau Wachtel war sehr abergläubisch.

»Es war ein Kind von großen, sehr großen Anlagen«, stöhnte dumpf der trostlose Vater.

Die Mutter sagte gar nichts, sondern sah die kleine Leiche nur an und weinte still...

Zwei Tage darauf wurde er in einen winzigen, schlechten Holzsarg gelegt, den Frau Wachtel mit zwei großen Kränzen schmückte, und dann fuhr das Ehepaar und der Künstler, der noch einmal den restituierten Gesellschaftsanzug zu Ehren brachte, mit der Leiche zum Friedhof. – – – – – – – – – – – – Frau Wachtel ging zu dem »Herrn Kandidaten« und schüttete ihm ihr Herz aus.

»Das arme Würmchen! Warum hat's der liebe Gott auf die Welt kommen lassen? Aber es ist gut, daß er's beizeiten fortgenommen hat! Es ist gut!...«

Herr Kraft hat sich einige Zeit darauf, da das erwartete Engagement immer noch ausblieb, entschlossen, in der Kunstakademie Modell zu stehen, und Helene wird wohl, wenn sie ihrer unermeßlichen Trauer Herr geworden ist, es mit der Nähkunst versuchen oder etwas dergleichen. – – –

Ihr werdet es vielleicht sonderbar finden, daß der Verfasser einen Helden mit einer so lächerlich kurzen Lebensspanne gewählt hat: aber warum sollte eine Skizze nicht auch einmal einen so skizzenhaften Helden haben? ... Von seinen Taten war nicht viel Spannendes zu berichten. Vielleicht waren seine Leiden seine Taten? Aber auch das ist zweifelhaft. Mögt ihr nach Belieben darüber urteilen, geehrte Leser!

Über tredition

Eigenes Buch veröffentlichen

tredition wurde 2006 in Hamburg gegründet und hat seither mehrere tausend Buchtitel veröffentlicht. Autoren veröffentlichen in wenigen leichten Schritten gedruckte Bücher, e-Books und audioBooks. tredition hat das Ziel, die beste und fairste Veröffentlichungsmöglichkeit für Autoren zu bieten.

tredition wurde mit der Erkenntnis gegründet, dass nur etwa jedes 200. bei Verlagen eingereichte Manuskript veröffentlicht wird. Dabei hat jedes Buch seinen Markt, also seine Leser. tredition sorgt dafür, dass für jedes Buch die Leserschaft auch erreicht wird.

Im einzigartigen Literatur-Netzwerk von tredition bieten zahlreiche Literatur-Partner (das sind Lektoren, Übersetzer, Hörbuchsprecher und Illustratoren) ihre Dienstleistung an, um Manuskripte zu verbessern oder die Vielfalt zu erhöhen. Autoren vereinbaren direkt mit den Literatur-Partnern die Konditionen ihrer Zusammenarbeit und partizipieren gemeinsam am Erfolg des Buches.

Das gesamte Verlagsprogramm von tredition ist bei allen stationären Buchhandlungen und Online-Buchhändlern wie z. B. Amazon erhältlich. e-Books stehen bei den führenden Online-Portalen (z. B. iBookstore von Apple oder Kindle von Amazon) zum Verkauf.

Einfach leicht ein Buch veröffentlichen: **www.tredition.de**

Eigene Buchreihe oder eigenen Verlag gründen

Seit 2009 bietet tredition sein Verlagskonzept auch als sogenanntes "White-Label" an. Das bedeutet, dass andere Unternehmen, Institutionen und Personen risikofrei und unkompliziert selbst zum Herausgeber von Büchern und Buchreihen unter eigener Marke werden können. tredition übernimmt dabei das komplette Herstellungs- und Distributionsrisiko.

Zahlreiche Zeitschriften-, Zeitungs- und Buchverlage, Universitäten, Forschungseinrichtungen u.v.m. nutzen diese Dienstleistung von tredition, um unter eigener Marke ohne Risiko Bücher zu verlegen.

Alle Informationen im Internet: **www.tredition.de/fuer-verlage**

tredition wurde mit mehreren Innovationspreisen ausgezeichnet, u. a. mit dem Webfuture Award und dem Innovationspreis der Buch Digitale.

tredition ist Mitglied im Börsenverein des Deutschen Buchhandels.

Dieses Werk elektronisch lesen

Dieses Werk ist Teil der Gutenberg-DE Edition DVD. Diese enthält das komplette Archiv des Projekt Gutenberg-DE. Die DVD ist im Internet erhältlich auf **http://gutenbergshop.abc.de**